토끼와
동거 8년 차

토끼랑 산다

이순지 지음

차례

3장 안녕, 나의 토끼

들어가며

저는 보통 오전 6시쯤 일어나 회사 갈 준비를 하고 버스에 몸을 욱여넣으며 출근을 합니다. 기지개 한 번 켤 시간 없이 일하다 오후 7시쯤 집으로 돌아옵니다. 침대에 누워 텔레비전 채널 돌리기를 반복하다보면 잠자리에 들 시간이 됩니다. 평범한 회사원들처럼 살아가고 있습니다. 그때 '폴짝' 하고 무언가 저를 향해 돌진합니다. 어떤 날은 어찌나 움직임이 큰지 깜짝 놀랄 때도 있습니다.

보드라운 털과 귀여운 입매, 동그란 눈을 가진 무언가. 바로 저의 가족이자 친구인 토끼입니다. 제 품을 향해 뛰어든 토끼는 저에게 꼭 안겨 머리를 만져달라 재촉합니다. 조심스럽게 손을 내밀고 한참을 쓰다듬어줍니다. 토끼의 숨소리를 들으며 오늘 있었던 일도 말해줍니다. 토끼는 눈을 천천히 감은 채로 저의 하루를 위로합니다.

토끼와 가족이 되기로 결심한 후 제 삶에서 '토끼'라는 단어는 떼어놓을 수 없게 됐습니다. 회사 동료들도, 친구들도 저만 보면 습관처럼 "토끼는 어떻게 지내느냐"고 묻습니다. 물론 제 대답은 늘 똑같습니다. "귀여운 토끼는 잘 먹고 잘 자고 잘 지내고 있어요." 대답을 들은 사람들은 토끼 안부를 묻길 잘했다는 듯 웃어 보입니다.

저는 토끼와 살면서 나 아닌 다른 존재들을 살필 수 있는 사람이 되었습니다. 불안한 삶에 안정을 찾아야 할 이유도 생겼습니다. 이 작은 생명체가 제 삶을 이렇게 변화시킬지 미처 알지 못했습니다. 인생에는 예기치 못한 순간이 때때로 찾아온다고 하죠. 저에게는 토끼를 만난 일이 그렇습니다.

책 속에 저의 가족이 되어준 토끼 이야기를 담았습니다. 토끼와 함께한 모든 순간들이 삶을 따뜻하게 만들어줬습니다. 이 책을 읽는 분들의 삶에도 저에게 찾아온 따스한 봄볕이 함께하기를 바랍니다.

1장

토끼와 나

토끼랑
산다

자명종이 필요 없다. 내 곁에는 귀엽고 사랑스러운 외모의 토끼 한 마리가 있으니까. 매일 아침 7시면 코를 킁킁거리며 내 머리 위로 폴짝 뛰어든다. 그러고 나선 따뜻하고 부드러운 혀로 내 손을 연신 핥는다. 귀 커다란 저 녀석이랑 내가 전생에 무슨 사이였기에 매일 이 사랑스런 전쟁을 반복하는지 모르겠다. 학창 시절 나는 엄마와 아침마다 실랑이했다. '일어나라'와 '더 잘 거다'로 이어지는 싸움의 승자는 항상 나였다. 하지만 다 큰 어른이 된 나는 이 녀석의 기세를 결국 이기지 못하고 침대에서 일어난다.

서랍 속 작고 네모난 통으로 자연스럽게 손길이 향한다. 이 통 속에는 토끼들이 좋아한다는 각종 풀이 압축된 영양가 높은 사료가 담겨 있다. 토끼는 내 곁을 기웃거리더니 깡충 뛰어 사료를 쥔 내 손에 코를 박는다. 그러곤 숨도 쉬지 않고 사료를 귀여운 두 앞니로 씹어 먹는다. 풀 냄새밖에 나지 않는 작은 사료가 과연 무슨 맛일지 상상도 안 된다. 혹시 달콤한 크림치즈를 가득 얹은 샐러드 같은 느낌일까?

아침에 눈을 떠 가장 처음 보는 것은 언제나 토끼 랄라의 얼굴이다. 검은색과 하얀색 털이 매력적인데, 몸통은 젖소처럼 얼룩덜룩하고 얼굴에는 까만 머리를 예쁘게 가르마 탄 것 같은 무늬가 있다. 얼굴보다 조금 더 큰 귀는 통통하고 동그랗다. 가장 매력적인 부분은 눈동자다. 보석을 담아놓은 것처럼 맑은 두 눈은 양쪽 색이 묘하게 다르다. 한번 보면 누구나 사랑에 빠질 것 같은 이 작은 토끼는 평범하지만 어딘가 불행한 취준생의 인생에 불쑥 뛰어들었다. 그러고는 귀를 앞뒤로 흔들며 이리저리 뛰어다니면서 굴곡 많던 나의 이십대와 철없는 나의 삼십대를 함께했다.

랄라를 처음 만났던 2013년 4월. 별다를 것 없는 날들이었다. 일 없는 취준생의 하루는 쳇바퀴처럼 똑같이 돌아간다. 이력서를 쓰고 신세 한탄을 한다. 면접을 다녀와서 또 신세 한탄을 한다. 매일 한탄으로 시작해 게으름으로 끝났다. 유일한 낙이 있다면 친구들과 만나 수다를 떠는 것이었다. 어제는 이런저런 회사에 지원했는데 역시나 연락이 없다는 둥 쓸데없

내 품에 안긴 아기 랄라의 모습. 랄라는 어릴 때부터 곧잘 품에 안겼다.

이 얘기가 허공을 떠다녔다.

생각해보면 참 신기하다. 이제 그만 게으름에서 벗어나라고 일생일대의 사건이 생겼나보다. 친구가 별안간 토끼 자랑을 늘어놓기 시작했다. 지하철역에서 아기 토끼를 파는 할머니를 만났다고 했다. 할머니가 작은 과일 상자에 토끼 한 열 마리쯤을 넣어두고 파는 광경은 나도 종종 봤다. 사람들이 몰려와 "귀엽다"를 연발하면 할머니는 아기 토끼 한 마리를 번쩍 들어 어서 사지 않으면 아기 토끼에게 큰일이 날 것처럼 겁을 준다. 친구도 그런 아기 토끼를 얼떨결에 데려왔을 거라고 지레짐작했다.

토끼에 푹 빠진 친구의 휴대전화는 어느새 아기 토끼 사진으로 빼곡하게 차 있었다. 사진으로만 봐도 이제 막 토끼 농장에서 엄마 토끼 곁을 떠나 온 불쌍하고 작디작은 생명이었다. 아기 토끼 사진을 한참 보여주던 친구는 나에게 토끼를 키우고 얼마나 행복해졌는지 이야기를 늘어놓기 시작했다. 혼자 살던 나를 솔깃하게 하는 이야기도 있었다. 첫째, 짖지 않는다. 둘째, 사람을 기다리지 않는다. 서울에 홀로 올라와서 여덟 평짜리 원룸에 살고 있던, 나에게는 기가 막힌 조건이 아닐 수 없었다. 토끼를 어디서 살 수 있느냐고 불쑥 물어보니

랄라의 침대 사랑은 두 살이 되어서도, 세 살이 되어서도 여전했다. 자연스럽게 침대 위에 있는 랄라를 카메라로 담는 일이 많아졌다.

친구는 대형 마트에서 살 수 있다고 알려줬다.

카페를 나와 대형 마트를 찾는 것은 쉬운 일이었다. 점원에게 "토끼가 어디 있느냐"고 물었다. 점원은 무뚝뚝한 표정으로 "저쪽 코너로 가보세요"라고 대답했다. 그렇게 나는 마트 한구석에서 토끼들을 쉽게 발견했다. 내가 몸을 한껏 움츠리면 들어갈 수 있을 정도의 작은 유리 진열장에 토끼 네 마리가 들어 있었다. 그중 세 마리는 사람들의 선택을 받지 못해 몸이 훌쩍 커 있었다. 다른 한 마리는 그런 토끼들 사이에서 어딘가 두려운 듯 시선을 허공에 두고 있었다. 아기 토끼였다. 내 손바닥보다도 작은.

쇼핑카트 바퀴 소리, 아이들의 웃음소리가 여기저기서 들려왔다. 귀가 쉴 수 있는 순간이 없었다. 토끼들은 그 속에서 완전히 다른 존재였다. 마트에서는 완벽히 상품으로 취급되고 있었지만, 살기 위해 끝없이 움직이고 있는 이 생명체들은 오가는 사람들에게 나를 데려가달라고 절대 눈빛을 보내지 않았다. 아기 토끼도 마찬가지였다. 검은색과 흰색 털이 섞인 아기 토끼는 오히려 사람을 싫어하는 것 같았다. 그 마음이 이해됐다. 아기 토끼는 시골 어딘가 토끼 농장에서 태어났을 것이다. 엄마의 따뜻한 품에 적응하기도 전에 차가운 사람 손에 붙잡혀 대형 마트로 팔려왔을 것이다. 그러고는 엄마 품과는 완전히 다른 유리 진열장에 갇혔다. 자신의 몸보다 수십 배는 큰 인간들이 수도 없이 유리창을 두들겼을 것이고, 아기 토끼는 그런 사람이 좋았을 리가 없을 테니까.

아기 토끼는 어른 토끼 품을 파고들면서 엄마를 기억하려는 것 같았다. 나도 모르게 이 아기 토끼를 데려오기로 결심했다. 사실 지금도 내가 왜 그랬는지 모르겠다. 토끼라는 생명체의 존엄성이라든가 마트 토끼 판매 반대 운동 같은 거창한 생각은 하나도 없었다.

아기 토끼를 데려오는 과정은 정말 간단했다. 단돈 3만 원. 카드 한 번 긁으면 끝. 아기 토끼는 유리 진열장에서 나와 작은 박스에 담겼다. 그러고는 다른 상품을 살 때와 마찬가지로 마트 계산대 위에 올려졌다. 점원이 바코드를 찍자, 아기 토끼는 내 소유가 되었다. 소유라는 표현만이 어울리는 과정이었다.

우리나라에는 반려동물로서의 토끼에 대한 통계 자료가 전무하다. 반려동물 천만 시대라고는 하지만 그중에서도 '소동물'이라고 불리는 토끼는 열외다. 참 이상한 일이다. 마트만

가도 볼 수 있는 동물이 토끼인데……. 토끼는 동물복지 사각지대에서 생수 한 병처럼 쉽게 팔리고 있다. 나도 물론 그 책임을 피할 수 없다. 준비도 없이 달랑 토끼만 집에 데려온 나는 최악의 보호자였다.

토끼를 작은 원룸에 데려온 후 그야말로 혼돈의 시간을 보냈다. 토끼를 상자에서 꺼내 임시 거처에 내려놨다. 분홍색 빨래 바구니. 빨래 바구니를 옆으로 세워두고 수건 한 장을 달랑 깔고 토끼를 내려놨다. '왜 토끼를 데려왔을까?' '내가 과연 잘 키울 수 있을까?' 이런 생각이 밀려왔다.

그렇게 토끼와 나 사이에 보이지 않는 선을 긋고 하루를 보냈다. 작은 생명체는 그런 내가 싫지도 않은지 앞발을 빨래 바구니 밖으로 내밀며 호기심을 보였다. 노란색 장판에 살짝 발을 놓았다가 다시 귀여운 두 귀를 흔들며 나를 쳐다봤다.

충동적으로 데려온 랄라에게 결국 나는 상처를 줬다. 그동안 털 알레르기가 있는지 모르고 살았던 나는 랄라와 지내면서 기침을 해대기 일쑤였다. 결국 토끼 자랑을 늘어놓았던 친구에게 구조 신호를 보냈다. 친구는 나의 무책임을 대신해 토끼를 잠시 맡아줬다. 그렇게 토끼는 잠시 떠났고, 나는 죄책

감에 시달렸다. 약을 먹고도 완전히 낫지는 않았지만 다시 친구에게 "토끼 내가 다시 데려갈게, 너무 생각이 나" 하고 말한 뒤 아기 토끼를 데려왔다. 이 역시 충동적인 결정이었다. 반려동물을 데려오는 일에는 생각보다 더 큰 책임감이 필요하다. 나는 그 책임감이 많이 부족한 사람이었다. 천사 같은 아기 토끼는 아무것도 모른다는 듯 다시 내 품에 돌아왔다.

다시 내 곁에 온 그때, 처음 이름을 붙여줬다. 랄라. 부를 때마다 노래하듯 행복했으면 좋겠다는 뜻이다. "랄라~" 하고 부르면 아기 토끼는 고개를 갸우뚱거렸다. 이름을 붙여준다는 것은 참 신기한 일이었다. 내가 "랄라" 하고 부르면 아기 토끼도 나도 행복해지는 것 같았다.

우리는 그렇게 가족이 됐다. 충동적이고 어리석은 일만 일삼은 초보 보호자였지만, 이제 랄라가 없는 삶은 상상할 수 없다. 한 손에 들어올 만큼 작은 아기 토끼를 만난 후로 내 일상은 완전히 변해버렸으니까.

당근이라는
존재

"토끼는 당근을 좋아하죠?"

사람들이 토끼를 생각할 때마다 흔히 함께 떠올리는 것이 있다. 바로 '당근'이다. 당근을 입에 문 토끼는 애써 상상하지 않아도 자연스럽게 떠오르는 그림이다. 나 역시 마찬가지였다.

랄라는 당연히 당근을 좋아하고 당근만 먹고 살 것이라고 생각했다. 그런데 나에게 랄라를 판매한 마트 점원은 이상한 풀이 담긴 봉지를 사야 한다며 함께 구매를 권했다. 봉지에는 '알팔파Alfalfa'라는 난생처음 보는 단어가 적혀 있었다. 알팔파? 알파카? 이게 도대체 뭐지? 토끼는 당근이랑 채소 먹고 사는 거 아닌가? 알팔파라는 풀이 가득 담긴 봉지와 함께 당근도 샀다. 당근을 더 좋아할 것이라는 판단에서였다.

랄라는 케일의 잎사귀부터 줄기까지 아삭아삭 소리를 내며 순식간에 해치웠다.

집에 와서 당근을 건네자 랄라는 고개를 휙 돌렸다. 점원이 권유한 낯선 풀을 줬더니 그제야 입을 오물오물 움직이며 먹기 시작했다. 당황한 나는 토끼 전문 카페를 검색해 들어갔다. 알팔파는 우리말로 '자주개자리'라고 불린다고 했다. 적응 안 되는 이름이었다. 콩과의 여러해살이식물, 목초와 사료로 쓰이며, 단백질이 많고, 비타민과 칼슘 함량이 높다. 보통 생후 6개월까지 토끼의 먹이로 추천했다.

처음에는 랄라가 당근을 그리 좋아하지 않는다는 사실이 조금 충격이었다. 나뿐만 아니라 초보 토끼 엄마들도 종종 같은 경험을 한다고 한다. 한 토끼 엄마는 나에게 "당근 좋아한다는 건 다 거짓말 같아요. 저희 집 토끼는 블루베리를 가장 좋아해요"라고 불만 어린 목소리로 말했다. 랄라는 당근보다는 알팔파를 좋아하고 알팔파보다는 달콤한 딸기와 사과를 좋아한다. 알팔파가 사람에게 밥이라면 당근은 가끔 먹는 반찬에 불과하다. 내가 달콤한 케이크를 좋아하듯이 랄라도 좋아하는 음식과 간식이 따로 있다.

토끼를 키우는 데는 생각보다 많은 지식과 준비가 필요하다는 것을 또 한번 느끼는 순간이었다. 그냥 데려와서 당근이나 던져주면 된다는 생각은 미디어가 만들어낸 환상이 아닐까. 랄라를 키워보니 어쩌면 토끼에게 가장 필요 없는 것이야말로 당근일지도 모르겠다. 인간이 만들어낸 '토끼와 당근'이라는 이미지 때문에 수많은 토끼들이 당분이 많아 치아를 서서히 망치는 당근만 먹다 죽어간다.

도대체 언제부터 토끼가 당근을 주식으로 삼는 동물로 알려졌을까? 각종 자료를 찾아보니 생각보다 역사가 훨씬 오래됐다. 1938년부터 제작된 애니메이션 캐릭터 '벅스 버니Bugs Bunny'가 그 이미지의 주인공이었다. 벅스 버니는 귀여운 외모로 단숨에 대중의 사랑을 얻었고, 지금도 많은 팬을 보유하고 있는 캐릭터다. 나도 한때 벅스 버니를 좋아했다. 하지만 벅스 버니를 탄생시킨 제작자들은 토끼 성향을 전혀 고려하지 않았다. "영화 〈어느 날 밤에 생긴 일〉을 봤는데, 남자 주인공이 당근을 손에 쥐고 먹고 있더라고요. 얼마나 멋있어 보이던지. 그래서 당근을 손에 쥔 토끼를 그렸죠. 토끼랑 당근, 잘 어울리지 않나요?" 세상에. 당근은 토끼가 아니라 영화 주인공의 취향이었다.

동물학자들의 말에 따르면 토끼는 꼭 건초를 주식으로 먹어야 한다. 당근이 토끼를 당장 죽이는 것은 아니지만 나쁜 것은 확실하다. 당근에 대한 진실은 나에게 꽤 충격이었다. 그래서 열심히 토끼 먹이 공부를 시작했다. 랄라에게는 경북 김천시 양지 바른 곳에서 자란 국산 알팔파를 먹이기 시작했다. 그냥 찾아낸 풀이 아니다. 알팔파를 기를 때 농약은 치는지, 얼마나 농부들이 정성스럽게 키우는 풀인지 사진으로 확인했다. 토끼 반려인들의 조언도 참고했다. 어렵게 찾아낸 풀에 대한 랄라의 반응은 엄청났다. 랄라는 코를 박고 알팔파를 먹었다. 향은 또 어찌나 좋은지 코끝을 자극하는 풀 향에 취한 적이 한두 번이 아니다. 가끔 랄라에게 "넌 이렇게 좋은 풀을 먹잖아. 나한테 고마운 줄 알아"라고 으스댄 적도 있다. 랄라는 이 알팔파를 참 좋아했다. 잠도 안 자고 풀을 먹는 때도 허다했다.

알팔파는 딱 생후 6개월까지만 먹였다. 알팔파에는 칼슘이 많은데, 오래 먹이면 칼슘 과잉으로 토끼 뼈나 치아에 질병이 생길 수 있기 때문이다. 그 뒤로는 섬유질이 풍부하고 이갈이에도 좋은 티모시Timothy 건초를 먹였다. 티모시를 먹일 때 힘들어하는 토끼 반려인들이 많다. 알팔파가 부드러운 쌀밥이라면 티모시는 딱딱한 현미밥이다. 랄라는 먹성이 좋은 토끼라 티모시에 적응하는 데 오래 걸리지는 않았다. 처음에는 알팔파와 티모시를 반쯤 섞어서 먹였고, 그 뒤에는 티모시만 줬다. 물론 티모시도 여러 정보를 참고해 샀다. 처음에는 해외

코와 앞발을 이용해 티모시 중에 제일 좋아하는 부분을 찾는 랄라. 다 큰 토끼는 보통 티모시를 좋아하지 않는데, 랄라는 크고 나서도 티모시를 좋아했다.

에서 재배한 티모시를 먹였다가 나중에는 우리나라에서 재배한 티모시를 먹였다. 티모시는 랄라의 배를 더욱 통통하게 만들어줬다.

매일 아침밥 먹으라고 소리 지르던 엄마 마음이 이런 것이었을까? 랄라만 보면 나는 밥 먹으라고 그렇게 불러댄다. 피는 속일 수 없는 법. 나도 밥 문제만큼은 극성 엄마였다. 내가 귀찮지도 않은지, 랄라는 그럴 때마다 '폭풍 먹방'으로 화답했다. 어른 토끼가 된 이후에도 랄라는 가리는 것 없이 잘 먹었지만 당근은 좋아하지 않았다. 사람처럼 토끼도 식성이 변한다고 하는데 랄라의 먹방 리스트에 당근은 없었다. 가만히 풀을 먹고 있는 랄라를 보고 있으면 목소리가 들리는 것 같다. "세상에 이렇게 맛있는 풀, 과일이 많은데 내가 왜 당근을 먹어요?"

귀여운 외모에 속지 마세요

토끼를 상상하면 떠오르는 전형적인 이미지가 있다. 귀여운 앞니를 내민 채 커다란 귀를 쫑긋거리며 깡충깡충 초록 공원을 뛰어다니는 동물. 귀여운 외모만큼이나 성격도 유순해서, 다른 동물에게 자신이 먹던 귀한 풀도 선뜻 내주는 얌전한 동물.

하지만 랄라를 키우고 이런 이미지는 깨져버렸다. 랄라가 딱 한 번 자신과 다르게 생긴 동물을 만난 적이 있다. 친구가 키우던 강아지인데, 랄라보다 몸집이 조금 크고 혀를 한쪽으로 내밀고 있던 귀여운 치와와였다. 친구가 먼저 랄라와 강아지를 만나게 해주면 좋을 것 같다고 제안했다. 토끼 엄마 2년 차였던 나는 랄라가 다른 동물을 만나면 어떤 반응을 보일지 궁금했다.

드디어 랄라와 강아지가 작은 원룸에서 만났다. 사실 강아지를 보자마자 랄라가 도망가지 않을까 걱정을 했었다. 토끼는 자연에서 먹이사슬 제일 아래에 있지 않은가. 누군가에게 잡아먹힐지도 모른다는 생각에 귀를 쫑긋 세우는 것이 습관인 동물이다. 또 소리를 내지 않으려고 성대도 자연스럽게 퇴화되었다.

랄라를 본 강아지는 안 그래도 큰 눈을 더 크게 뜨더니 뒷걸음치기 시작했다. 그러더니 폴짝 뛰어서 친구 품에 안겼다. 똑같이 내 품에 안길 것 같던 랄라는 강아지를 향해 달려들었다. 몸을 납작하게 바닥에 대더니 앞발은 내밀고 엉덩이를 바닥에 끌며 강아지 쪽으로 전진했다. 코는 줄곧 킁킁거렸고, 귀는 분주히 앞뒤로 움직였다.

랄라는 씩씩하고 당당했다. 새로운 친구를 대하는 데 딱히 어려움이 없는 듯했다. 친구는 품에 조심스럽게 안고 있던 강아지를 바닥으로 내려놨다. 강아지는 긴장한 듯 온몸이 얼어붙었다. 랄라는 조심스럽게 다가가서 코를 강아지에게 비볐다. 강아지와 친구가 되고 싶은 것 같았다. 다른 생명체에게 신체의 일부를 문지르는 행동은 토끼의 애정 표현 중 하나다. 하지만 아쉽게도 둘은 쉽게 친구가 되지 못했다. 랄라를 만난

어디에서나 씩씩하고 당당했던 랄라. 집 안 구석구석 귀여운 앞발을 내밀고 성큼성큼 다녔다.

강아지는 처음 본 생명체의 당돌함을 끝내 외면했다.

토끼마다 성격이 다르긴 하지만, 대체로 토끼들은 의사 표현이 뚜렷한 편이다. 좋아하는 먹이를 향해 빙키Binky(토끼가 신날 때 하는 행동)도 하고, 싫어하는 것을 향해서는 저금통 자세를 하고 숨거나, 랄라처럼 사람을 이빨로 무는 등의 격렬한 움직임도 마다하지 않는다. 또 새로운 것을 보면 무서워하기보다는 신기해한다.

랄라는 좋아하는 음식을 볼 때 가장 격렬하게 반응했다. 특히 딸기, 바나나, 얼린 블루베리, 달콤한 영양제를 좋아했다. "딸기"라고 외치면 랄라는 잠을 자다가도 일어나서 나를 향해 쪼르르 달려왔다. 새빨간 딸기를 작은 입으로 쉴 새 없이 오물오물 씹으면 분홍색 입술이 빨갛게 물들었다. 눈에서는 나를 향한 애정이 느껴졌다. 랄라는 좋아하는 먹이를 먹고 난 후에 항상 나에게 뽀뽀를 보냈다. 부드러운 혀로 내 손이나 볼을 핥아준다. '래빗 키스'라고 불리는 이 뽀뽀는 모든 토끼 엄마들이 바라는 애정 표현이다. 경우에 따라서는 불행히도 래빗 키스를 한 번도 받지 못하는 토끼 반려인도 있다.

랄라는 싫어하는 것도 명확했다. 바로 낯선 남자. 좋아하는 남자는 오로지 남동생뿐이었다. 나와 동생이 함께 여행을 떠난 적이 있다. 긴 여행이라 남자친구가 며칠간 랄라를 돌봐주기로 했다. 귀찮을 법도 한데 남자친구는 매일 저녁 우리 집으로 와서 랄라 먹이를 챙기고 물도 갈아줬다.

한창 여행을 즐기고 있을 무렵, 짧은 동영상이 배달됐다. 침대에 앉아 있는 남자친구 등 뒤로 랄라가 코를 킁킁대며 냄새를 맡았다. 남자친구는 그런 랄라가 귀여웠는지, 손을 랄라 머리에 가져다댔다. 그러곤 조심스럽게 랄라를 쓰다듬었다. 그때만 해도 남자친구는 랄라가 자신을 좋아하는 줄 알았단다. 머리에서 손을 뗀 순간 랄라는 남자친구 손을 콱 물어버렸다. 당황한 남자친구는 침대에서 벌떡 일어났다. 랄라는 남자친구가 등을 보일 때마다 여기저기를 콕콕 물어버렸다. 그 뒤로 남자친구는 랄라를 좋아하면서도 무서워했다. 여기서 끝이 아니었다. 택배 아저씨, 배달 아저씨 등 남자만 보면 앞발을 허공을 향해 흔들었다. 가끔은 "으르렁" 소리를 내기도 했다.

토끼는 극한의 분노를 느끼거나 짜증이 날 때 "으르렁" 소리를 낸다. 그럴 때마다 한 마리의 작은 맹수가 떠오른다. 랄라는 전생에 전사였던 게 분명하다. 가끔 장난삼아 랄라를 향해 인형을 흔들곤 했다. 그때마다 랄라는 앞발을 거세게 흔

여름이 오면 나는 랄라에게 달콤한 딸기를 선물했다. 랄라가 베어 문 딸기에는 랄라 이빨 자국이 남아 있었다.

든 후 "으르렁" 소리를 반복했다. 그러곤 분을 이기지 못하고 인형을 구멍 날 때까지 물어뜯었다.

토끼는 호불호가 분명한 동물이다. 랄라뿐만 아니라 SNS를 통해 본 다른 토끼들도 대체로 비슷하다. 게다가, 조금 차이가 있긴 하지만, 토끼들은 생각보다 훨씬 용감하다. 토끼를 키우지 않았더라면, 나는 평생 토끼를 얌전하고 한없이 귀여운 존재로만 기억했을 것이다.

우리 집에 사는
작은 파괴자

우리 집을 둘러본 사람들은 곳곳에 놓인 예술 작품에 놀라고 만다. 하얀 벽에는 랄라가 두 앞니로 혼을 다해 만들어낸 이른바 〈랄라와 폭포〉라는 작품이 있다. 피곤한 날 보면 더 아름다운 작품인데, 벽에서 거대한 폭포가 쏟아져내리는 듯 물줄기 하나하나가 살아 있다. 다른 쪽 벽에는 〈올레길〉이라는 작품도 있다. 굽이굽이 이어지는 이 작품을 보고 있으면 제주 올레길을 평화롭게 걷는 여행자가 된 것 같다. 옥션에 내놓으면 꽤 비싼 값에 팔릴 정도로 멋진 작품이다.

불행히도 이 예술 작품들 때문에 이사를 다닐 때면 항상 집주인에게 사죄의 인사를 건네고 벽지 보상 비용을 내야 했다. 새로 이사 갈 집 벽지가 아무리 더러워도 새로 해달라고 하지 않는 것이 습관이 됐다. 파괴자가 벽지에 또 무슨 짓을 할지 알 수 없었기 때문이다.

화분과 종이를 파괴하다 현장에서 걸린 랄라. 카메라를 들이밀자, 딱 걸렸다는 듯 동그란 토끼 눈을 했다.

우리 집 파괴자는 벽지에서 멈추지 않았다. 머리카락, 옷, 장판 등 입에 닿는 것이라면 모두 파괴했다. 그중에서도 가장 많이 파괴한 것이 있다면 바로 전선이다. 토끼는 이빨로 물 수 있는 모든 것에 호기심을 가진다. 부드럽고, 이빨로 한번 물면 선명하게 자국이 남는 전선의 매력은 치명적이다. 랄라는 흰색, 검은색 전선을 가리지 않고 이빨로 살살 물어 구리 선이 드러날 정도로 벗겨냈다. 속살을 드러낸 전선을 볼 때마다 나는 랄라를 향해 소리를 질렀다.

어느 날, 회사 일 때문에 집에서 중요한 연락을 기다리고 있었다. 랄라가 침대 옆으로 폴짝 뛰어오더니 여기저기 돌아다니기 시작했다. 그때까지는 알지 못했다. 내 휴대전화 배터리가 5퍼센트도 남지 않았다는 사실을. 한창 모바일 세상에 푹 빠져 있을 때 휴대전화 배터리 표시에 빨간불이 들어왔다. 아니나 다를까 충전기 선이 두 동강 나 있었다. 그 옆에서 랄라는 당당히 전선 끝을 입에 물고 있었다. 내 한숨에 랄라는 물고 있던 전선을 툭 뱉더니 태연하게 자기 집에 들어가 풀을 먹었다. 여분의 충전기도 없어서, 나는 편의점에 터덜터덜 걸어갔다. 지갑에서는 '만 원 퍼가요~'라는 소리가 울려퍼졌다.

호기심 많은 토끼는 반려인을 종종 놀라게 한다. 전선 물어뜯기도 마찬가지다. 자칫하면 감전되거나 화재가 발생하는 최악의 상황이 올 수도 있기 때문이다. 감전되면 토끼는 폐까지 시커멓게 타버린다고 한다. 그 뒤로 나는 랄라가 전선을 물지 않게 집에 철망으로 울타리를 쳤다. SNS에 나올 것 같은 아름다운 인테리어를 기대했넌 우리 집은 철망 하우스가 됐다. 그래도 어쩔 수 없다. 인테리어를 지키겠다고 랄라의 생명을 내놓을 수는 없다. 충전기와 절연 테이프를 여러 개 사두는 습관도 생겼다. 충전기는 종류별로 두 개 이상은 꼭 가지고 있다. 랄라가 끊지 않고 살짝 맛만 본 전선에는 절연 테이프를 꼭 감아둔다.

몇 년이 흘러, 랄라의 파괴 신화는 막을 내렸다. 사람 나이로 랄라가 마흔다섯 살을 훌쩍 넘긴 후부터다. 불혹의 아주머니들을 인터뷰할 때, 이런 말을 듣곤 했다. "다 해봐서 호기심도 없어지고 사는 게 그다지 재밌지 않아." 랄라도 같은 시기를 지나고 있었던 걸까? 전선을 봐도 입에 가져다 대지 않고 벽지를 봐도 흥미를 느끼지 못했다. 파괴를 하지 않으니 좋으면서도 한편으로는 섭섭해졌다. 우리 랄라도 나이가 들어가고 있다는 사실이 새삼 와닿았기 때문이다.

이제 랄라는 얌전히 앉아 맛있는 사료를 훨씬 더 좋아하게 된 것 같았다. 쉴 새 없이 무언가를 파괴하던 랄라의 모습이 그립다. 반려동물이 변해가고 있다는 것은 함께할 시간이 짧아지고 있다는 신호니까.

새로운 가족이 생겼을 때

랄라의 가족은 단출하다. 다시 말하면 내 가족도 단출하다. 엄마와 나, 남동생이 전부다.

엄마는 동물을 별로 좋아하지 않는다. 지나가는 강아지들을 보면 "어휴" 한숨을 먼저 내뱉는 사람이다. 특별한 사건은 딱히 없었지만, 엄마는 그냥 자신을 향해 왈왈 짖어대는 강아지가 무섭다고 했다. 이런 엄마에게 처음 토끼를 키운다고 말했을 때 다행히 별다른 반응은 없었다. 나는 취직 때문에 서울에, 동생은 학교 때문에 대전에, 엄마는 회사 때문에 울산에 있었다. 모두 뿔뿔이 흩어져서 살았기 때문에 엄마가 랄라를 직접 만날 일도 별로 없었다. 가끔 연휴를 맞아 랄라를 데리고 집으로 내려갈 때가 있었는데, 그때마다 랄라는 케이지 안에 갇혀 있었다.

랄라와 엄마의 동거는 내가 울산에 있는 방송국에 리포터로 일하게 되면서 시작됐다. 나는 자연스럽게 서울 생활을 정리하고 엄마와 살게 됐다. 엄마는 "그 토끼도 같이 와?" 하고 물었고, 나는 당연히 "응"이라고 대답했다.

엄마는 참 독특한 사람이다. 남에게 마음을 잘 내주지는 않지만, 한번 정을 주기 시작하면 끝이 없다. 랄라는 한동안 베란다에서 지냈다. 먼저 베란다 문을 연 것은 놀랍게도 엄마였다. "아니, 베란다 바닥이 너무 차갑잖아. 딸이 자꾸 예쁘다고 하니 좀 예쁜 것 같기도 해." 엄마는 그 뒤로 랄라에게 조금씩 자신의 공간을 내줬다.

실세를 알아본 랄라는 조심히 엄마 옆으로 다가가더니 자신의 머리를 들이밀었다. 엄마는 그런 랄라의 머리를 자연스럽게 만져줬다. 내가 회사에 가고 없을 때는 엄마가 랄라의 곁을 지켰다. 기억에 남는 장면이 있다. 거실에 함께 누워 있던 엄마와 랄라의 뒤태. 거실에는 소파 대신 커다란 꽃무늬 이불패드가 깔려 있었다. 엄마는 종종 베개를 베고 오른손을 이마에 올린 채 다리를 쭉 뻗고 텔레비전을 봤다. 랄라도 엄마 옆에 꼭 붙어 다리를 쭉 뻗고 이른바 슈퍼맨 자세로 엄마 옆을 지켰다. 토끼가 편할 때 하는 자세다. 그 모습을 나는 자주 카메라에 담았다. 랄라와 엄마는 조금씩 친한 사이가 되었다.

급기야 엄마는 랄라가 벽지를 뜯고 털을 뿜으며 다녀도 화내지 않는 경지에 이르렀다. 손에 항상 먼지를 제거하는 '돌돌이'를 들고 다니며 청소에 나섰다. 랄라가 어떤 사고를 쳐도 귀엽다고 했다. 랄라 덕에 엄마와 나눌 수 있는 대화가 많아졌고 가끔 싸울 때가 있어도 자연스럽게 지나갈 수 있었다. 우리 둘 다 성격이 불같아서, 한번 싸우기 시작하면 끝을 볼 때까지 소리를 지를 때가 있다. 엄마가 나를 향해 소리를 지른 순간, 랄라가 엄마를 향해 달려들었다. 그런 랄라를 보고 엄마는 기가 막힌지 "지 엄마한테 뭐라고 한다고 저 작은 게 나한테 달려든다"며 황당해했다. 그러고는 피식 웃었다. 그런 식으로 싸움은 마무리되기 일쑤였다.

엄마는 랄라와 시간을 보내고 나서부터 주변에 토끼 자랑을 늘어놓는 일도 많아졌다. 동네 친구들에게 토끼가 얼마나 똑똑한지, 다른 반려동물과 비교해 어떤 점이 좋은지 이야기해주었다. 덕분에 엄마 친구들 중에서 우리 집이 토끼를 키운다는 사실을 모르는 사람이 없었다.

내 동생도 마찬가지다. 180센티미터가 훌쩍 넘는 키에 언제나 늘 무뚝뚝한 표정이어서 처음 보는 사람들은 내 동생이 동물을 좋아할 거라고 상상하기 어렵다. 동생에게도 엄마에게 그랬던 것처럼 토끼를 데려왔다고 고백했다. 그러고는 언제부터인가 사진을 찍어 보내기 시작했다. 랄라가 꾸벅꾸벅 졸다가 머리를 벽에 부딪혔던 사건부터 모든 것을 동생과 공유했다. 동생은 처음에는 귀찮아하다가 나중에는 먼저 랄라에 대해 물었다.

랄라를 처음 본 날 동생의 표정을 잊을 수가 없다. "랄라야" 하고 불렀는데 얼굴 가득 '이 작은 토끼가 귀여워 죽겠다'는 감정이 담겨 있었다. 나는 그런 동생이 더 귀여웠다. 복덩이 랄라 덕분에 나와 동생의 사이도 한결 좋아졌다. 나와 동생은 랄라에 대한 얘기를 많이 나누었다. 랄라를 위해 함께 사료를 사기도 하고, 집을 청소했다. 우리 가족이 무언가를 할 때 항상 1순위는 랄라였다. 작은 토끼는 그렇게 우리 가족을 완전히 바꾸어놓았다.

동물병원을 찾다

동물병원. 길거리를 지나면 쉽게 보이는 곳인데, 나에게는 항상 어딘지 어색하고 무서운 곳이었다. 고양이가 요란스럽게 울고 강아지가 정신없이 뛰어다니는 곳으로만 기억하고 있었다.

하지만 토끼를 키우다보니, 동물병원을 가야 하는 일이 생겼다. 토끼 카페에서 찾아보니 토끼도 예방접종을 해야 한다고 했다. "예방접종을 하지 않으면 잘 죽는대요. 생후 6개월이 토끼의 삶에서 가장 중요하다고 하네요." 글을 보고 동물병원으로 향했다. 수의사에게 설명을 들어보니 예방접종을 하지 않으면 토끼가 죽는다는 말은 사실이 아니었다. 집에서 홀로 자라는 토끼들은 대개 예방접종을 하지 않아도 괜찮다.

동물병원이라면 다 토끼를 진료할 줄 알았는데 아니었다.

우리나라에는 개나 고양이를 진료하는 동물병원은 많지만 토끼를 진료하는 동물병원은 많지 않다. 나중에 수의사에게 물어보니, 국내 수의학과 학생들은 토끼에 대해 거의 배우지 않는다고 한다. 600페이지가 넘는 수의학 책에서 토끼에 대한 내용은 1페이지 정도만 배운다니. 집 근처 동물병원에 전화를 해 "토끼 예방접종 받을 수 있나요?"라고 물었다. 열의 아홉은 "네? 토끼요?"라는 차가운 대답이 돌아왔다. 가까스로 찾은 병원도 사실 토끼 전문 병원은 아니었다. 한 병원에서 랄라에게 예방접종이라는 이름으로 주사를 놔줬다. 랄라는 눈을 동그랗게 뜬 채 한참을 공포에 떨었다. 당시 랄라는 내외부 기생충 예방접종을 맞았는데, 알고 보니 랄라는 산책을 하지 않는 토끼라 기생충 예방접종이 꼭 필요하지는 않았다.

당시 나는 나무가 울창하게 우거진 공원 옆에 살고 있었다. 랄라는 냉기가 올라오는 베란다 대리석 바닥을 좋아했다. 하루의 대부분을 그곳에서 보냈다. 어느 날부터인가 랄라는 이상하게 기침을 많이 했다. 작은 얼굴이 흔들릴 정도로 '에취' 하고 크게 기침을 하는 일이 잦았다.

처음 찾아갔던 병원에서는 원인을 모른다는 답이 돌아왔다. "괜찮을 것 같은데, 감기 같아요. 기다려보세요"라는 말

병원에 갈 때 랄라를 이 가방 안에 넣어서 다녔다. 어딘가 지쳐 보이는 표정의 랄라였다.

과 함께. 수의사의 말과는 달리 랄라의 기침은 멎지 않았고, 내 걱정은 점점 커졌다. 다른 동물병원을 찾아갔다. 이 병원의 수의사는 알레르기 검사를 권했다. 토끼가 어떤 알레르기에 반응하는지 확인하기 위해 어느 연구소에 랄라의 혈액을 보낸다는 것이었다. 사전 고지도 없이 검사는 시작됐고, 내 손에는 검사비 22만 원 영수증만 남았다. 나무 알레르기가 있다고 했다. 무슨 나무인지 알려면 또 검사를 해야 한다고 했다.

동물병원이 이래서 어렵다. 믿고 데려갈 만한 곳을 찾기가 힘드니까. 오랜 시행착오를 거쳐 랄라는 토끼 진료를 전문적으로 보는 동물병원에 다니게 되었다. 이 병원을 찾기까지 토끼 반려인들에게 수없이 많은 조언을 얻었다. 토끼 카페에 들어가 동물병원 후기도 샅샅이 살폈다.

집에서 1시간 30분이 넘게 걸리는 토끼 전문 동물병원인 이곳에 랄라는 많게는 한 달에 두 번씩 갔다. 랄라에게 미안한 마음이 커졌다. 토끼는 스트레스에 취약한 동물이다. 이동가방에 랄라를 조심스럽게 담아 동물병원으로 이동할 때면 커다란 눈으로 나를 보며 "엄마, 어디로 가요?"라고 묻는 랄라의 목소리가 들리는 것 같았다.

토끼 집사가 하루를 마감하는 법

토끼를 키우는 내게 많은 사람들이 툭 던지는 말이 있다. "토끼는 냄새 많이 나잖아. 시골 할머니 집에서 토끼 본 적이 있는데 냄새가 지독해서 집에서는 도저히 못 키우겠던데. 넌 어떻게 키워?" 듣는 순간 불쾌감이 밀려오지만 애써 참고 담담하게 이렇게 답한다. "토끼 몸에서는 냄새가 거의 안 나. 안 씻는 사람에 비하면 토끼는 너무나 깨끗한 동물이야."

사실이다. 토끼는 정말 깨끗하다. 고양이처럼 그루밍을 하는데, 혀로 온몸 구석구석을 다듬는 이 일이 토끼에게는 너무나 중요한 하루 일과이다. 털에서 항상 윤기가 흐르고, 몸에 뭐가 묻어 있는 것을 보기도 어렵다. 하지만 사람들은 이 사실을 잘 모른다. 열악한 환경에 처해 있는 토끼들만 봤기 때문이다.

얼마 전, 옷을 사려고 서울 금천구에 있는 대형 쇼핑몰을 찾았다. 이곳에는 쇼핑에 지친 사람들이 잠시 쉴 수 있는 작은 토끼 공원이 있다. 공원 앞에서 토끼를 바라보던 어린아이가 갑자기 코를 손으로 막더니 옆에 있던 엄마에게 말했다. "엄마! 토끼한테 냄새나." 엄마도 아이를 따라 인상을 쓴 후 코를 손으로 꽉 막았다. 지켜보던 나도 덩달아 코를 막고 그곳을 바라봤다. 아이 말처럼 토끼 오줌 냄새가 진동했다.

이 공원에는 토끼를 위한 화장실이 없었다. 냄새를 막아줄 그 어떤 물건도 없었다. 작은 토끼 똥들이 여기저기 가득했고, 토끼 먹이인 건초에는 오줌이 잔뜩 묻어 있었다. 청소를 안 한 지 얼마나 오래된 걸까? 토끼를 제발 이런 곳에 키우지 말라고 말하고 싶었다. 토끼를 키우는 나조차 코를 막게 만드는 환경은 토끼가 아니라 사람이 만든 것이다. 토끼는 체취가 거의 없고, 똥에서는 구수한 냄새가 난다. 다만 오줌에서만 지독한 암모니아 냄새가 난다. 이 냄새는 주인이 청소만 제대로 해주면 단번에 해결할 수 있다.

심지어 토끼는 화장실도 가릴 수 있다. 토끼 배변 훈련법은 생각보다 간단하다. 먼저 토끼 집 한쪽에 화장실을 마련한다. 화장실은 플라스틱이나 도자기로 된 것이 좋다. 토끼의 대변은 동글동글하기 때문에 보통 토끼 발이 빠지지 않으면서도 대변이 화장실 안으로 잘 들어갈 수 있게 적당한 간격으로 구멍이 난 철망이 화장실 위에 놓여 있다. 나는 여러 번의 시행착오 끝에 도자기 화장실을 랄라에게 마련해줬다. 삼각형 모양의 세라믹 화장실 속에는 토끼용 우드펠릿이 깔려 있다. 나무를 압축해서 만든 우드펠릿은 토끼 오줌을 흡수해서 냄새를 막아준다.

화장실이 마련되면 토끼 오줌을 닦은 휴지를 그 안에 넣어준다. 토끼 똥도 함께 넣어주면 더 좋다. 그리고 화장실을 토끼 집 한쪽에 두면 토끼가 올라가서 자연스럽게 볼일을 본다. 처음 훈련을 할 때는 토끼가 화장실이 놓여 있는 공간을 벗어나지 않도록 해주는 것이 좋다. 랄라도 한동안 자신의 집 안에 가둬두고 억지로라도 화장실을 쓰게 했다. 이렇게 했는데도 마련해준 화장실을 사용하지 않는다면 자주 볼일 보는 곳으로 화장실을 옮기는 것도 좋은 방법이다. 랄라는 불만이 있을 때를 제외하고는 화장실에서 똥오줌을 완벽하게 처리하는 깔끔한 토끼가 됐다.

랄라가 노력해준 만큼 나도 해야 할 일이 있었다. 어떤 사람은 하루를 마감할 때 일기를 쓴다. 또 어떤 사람은 명상을 한다. 나는 랄라가 종일 사용한 토끼용 화장실을 닦는다. 토끼용 화장실은 귀엽고 앙증맞다. 하지만 화장실 청소 과정은 사실 좀 고통스럽다. 농축된 오줌 냄새를 맡아야 하는데, 숙련된 토끼 집사인 나는 맨손으로도 거리낌 없이 화장실을 청소한다. 화장실에 가득한 랄라의 동글동글한 똥과 암모니아 냄새가 밴 우드펠릿을 비닐봉지에 넣어 꽉 묶는다. 그러고는 화장실을 물과 베이킹 소다 등을 이용해서 닦는다. 깨끗해진 화장실에 우드펠릿을 다시 채워주면 토끼 집사의 하루가 끝난다.

화장실 청소를 끝낸 후 랄라의 표정을 보면 그렇게 뿌듯할 수가 없다. 깨끗해진 화장실이 좋은지 랄라는 청소가 끝나자마자 쪼르르 달려가서 화장실에 엉덩이를 가져다댄다. 그 표정이 뭔가 만족스러워 보여 내 마음도 꽤 보람차다. 사소한 일이지만 작은 생명의 삶의 질을 올려주는 중요한 일을 했다는 생각이 들기도 한다. 게다가 토끼 화장실을 청소하면서 조용히 하루를 끝내면 마음이 차분해지고 따뜻해진다. 그날의 안 좋은 일, 다른 사람의 싫은 소리도 함께 씻겨 내려가는 기분이다.

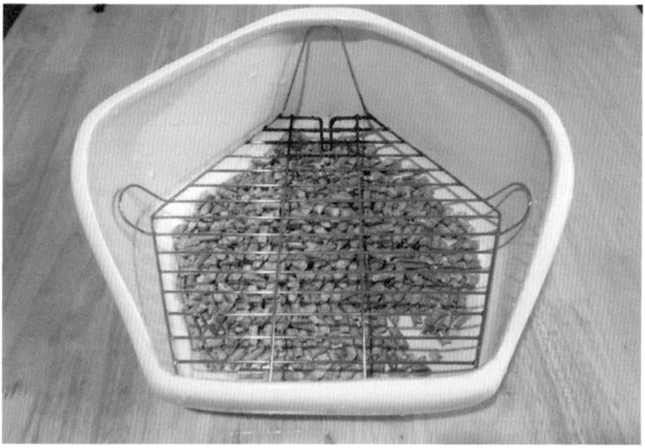

깔끔쟁이 랄라에게 선물한 화장실. 토끼 오줌을 흡수하는 우드펠릿을 깔아주었다.

토끼도
물을 먹나요?

출근해서 내가 가장 먼저 하는 일은 책상에 놓인 텀블러를 손에 쥐는 것이다. 텀블러가 어찌나 큰지, 카페에 가면 나도 모르게 이런저런 얘기를 주절주절 늘어놓는다. "컵이 좀 크죠? 정해진 양만큼만 주시면 돼요." 점원은 고개를 끄덕이고 커피를 텀블러 용량의 반 정도만 담아 건넨다.

누군가는 이렇게 물을 수 있다. 민망해하면서도 왜 그렇게 큰 텀블러를 가지고 다니느냐고. 이유는 간단하다. 물을 좋아하니까. 하루에 마시는 양이 족히 2리터가 넘는 것 같다. 물 먹는 하마가 따로 없다. 주인을 따라가는 건지 우리 집에는 나 말고도 물 먹는 하마가 또 있다. 랄라다. 랄라는 겉에는 하얀색, 안에는 초록색 무늬가 그려진 물통을 쓴다. 이 물통에는 물이 1리터가 넘게 들어가는데, 보통 하루면 이 많은 물을 다 먹어버린다.

물통을 사용하는 랄라. 초록색 판 위를 앞발로 살짝 누르면 물이 나온다. 물통 사용법을 완벽히 익힌 랄라와의 삶은 더욱 편리해졌다.

이 물통은 물 위에 떠 있는 판을 발로 누르면 먹기 적당한 양의 물이 나온다. 랄라는 보통 앞발 두 개를 몽땅 판에 올린 후 물을 먹는다. 이렇게 하면 물이 나온다는 걸 몇 번의 시도 끝에 터득했다. '찹찹' 물 먹는 소리가 어찌나 경쾌한지 랄라가 물을 먹기 시작하면 보던 텔레비전도 끄고 그 소리에 집중하게 된다. 이때 킬링 포인트는 살짝 젖은 앞발이다.

처음 랄라를 데려왔을 때는 토끼가 물을 먹지 않는 줄 알았다. 아직도 많은 사람들이 "토끼는 물 안 먹고 잘 산다"고 말한다. 하지만 조금만 생각해보면 얼마나 바보 같은 소리인지 알 수 있다. 사람도 물을 먹지 않으면 타는 목마름을 느낀다. 토끼도 같다. 토끼에게도 물은 생명 연장을 위한 소중한 수단이다.

랄라가 다닌 병원의 수의사와 대화하며 신기한 것도 알게 됐다. 토끼는 음식에서 나오는 칼슘을 모두 흡수한다고 한다. 물을 먹지 않으면 소변을 보지 못할 것이고 그렇게 토끼 몸속에 남은 칼슘은 토끼를 아픔에 빠뜨린다는 것이다. 그래서 토끼에게 물을 주지 않는 것을 보면 토끼를 키우는 사람들은 크게 화를 낸다. "물 안 줘도 된다고요? 그럼 본인도 하루만 물 먹지 말고 살아보세요." 이렇게 말하면 대부분 깜짝 놀라 핑

계를 늘어놓는다.

퇴계로의 애완동물 거리에 간 적이 있다. 작은 철장 속에 아기 토끼 열 마리가 갇혀 있었다. 철장 안에는 물통도 없었다. 토끼를 사 가는 사람도 물병을 사 가지 않았다. 한 판매자에게 "왜 물을 안 줘요?"라고 물어본 적이 있다. 그랬더니 "오줌 많이 싸"라는 답이 돌아왔다. 사람도 물 먹으면 화장실 가는데, 아기 토끼들은 화장실을 갈 권리도 없나보다. 주인을 한껏 노려본 후 "물 줘야 한다"고 말하고는 그곳을 떠났다. 주인은 아마 난데없이 물 좀 주라고 말하고 가는 내가 황당했을 것이다.

아직도 많은 곳에서 토끼들이 물을 먹지 못해 죽어가고 있다. 그래서 많은 토끼 반려인들은 SNS를 통해 토끼 관련 정보를 공유하고 있다. 나 역시 마찬가지다. 토끼를 이제 막 키우기 시작한 초보 엄마들에게 기초 지식을 알리는데, 꽤 효과가 있는 편이다. 물통도 사놓지 않았던 초보 엄마들이 하나씩 토끼에 대해 배워간다. 혹시 지금도 토끼에게 물을 먹이지 않는 사람들이 있다면 이렇게 말하고 싶다. "'깊은 산속 옹달샘'이라는 노래가 괜히 나왔겠어요? 토끼에게 제발 물 좀 주세요."

랄라가
나를 꽉 물어버린 순간

"너는 혼자서 뭐든 잘할 것 같아." 친구들이 나에게 자주 하는 말이다. 사실이다. 혼자 하는 건 뭐든 잘한다. 혼자 고깃집에 가서 밥도 먹을 수 있고, 어디든 여행도 갈 수 있다. 사람들과 함께하길 딱히 싫어하는 건 아니지만 혼자 있는 것을 더 좋아하는 편이다.

울산으로 내려가기 전 다녔던 회사에는 특이한 휴식 시간이 있었다. 이른바 '브레이크 타임'으로, 출근을 9시가 아닌 8시 30분에 하는 대신 30분 휴식 시간을 받는 거다. 오후 4시 30분이면 자리를 박차고 일어나서 뭐든 해도 된다. 나는 주로 근처 공원을 걸으며 길고양이 밥을 주거나 산책을 했다. 덕수궁과 시립미술관 산책로는 기가 막혔다. 봄이면 벚꽃이 휘날렸고 여름이면 곧게 뻗은 나무들이 시원한 그늘을 만들어줬다.

체감 기온이 35도를 훌쩍 넘는 무더운 여름날이었다. 한 선배와 함께 길을 걷게 됐다. 내가 '어른'이라고 생각하는 선배다. 일찍 회사 생활을 시작해서 일도 척척 해내고 사람을 대하는 것도 이성적이다. 좋은 선배가 되려고 주변을 살필 줄도 안다.

이런저런 회사 얘기를 하는데 선배가 갑자기 이렇게 물었다. "순지 씨는 왜 맨날 남에게 맞춰줘요?" 선배는 그런 내가 걱정이 된다고 했다. 틀린 말은 아니었다. 나는 사람들과 부딪치기 싫다는 이유로, 또는 나쁜 사람이 되기 싫다는 이유로 남이 원하지 않을 것 같은 표현은 하지 않는다. 싫다고 표현하는 순간 이 관계가 깨질 것이라는 두려움이 있었다. 줄곧 그렇게 살아왔다.

아이러니하게도 나의 직업들은 항상 남의 눈치를 봐야 하는 일이었다. 울산으로 내려가 리포터 일을 하면서는 줄곧 사람들 눈치를 보면서 살았다. 'KBS'라고 적힌 작은 녹음기를 손에 꼭 쥐고 사람들에게 "이건 어떻게 생각하세요?"라고 묻는 일이 일상이었다. 이 사람이 나를 보고 어떤 표정을 짓는지 살피고, 방송국에 들어가서는 내 방송을 듣는 청취자의 눈치를 살폈다. 함께 일하는 동료들 눈치를 살피는 건 덤이었다.

그렇게 매일 눈치 보는 일에 지쳐 있을 때 방송국을 그만뒀다. 그리고 열흘 동안 혼자 도쿄로 여행을 갔다. 도쿄에 가서 별로 한 건 없다. 배가 고플 때 밥을 먹고, 자고 싶을 때 잠을 잤다. 마치 오랫동안 거기 살았던 사람처럼 행동했다.

열흘의 여행이 끝나던 마지막 날. 앞으로는 다른 사람의 눈치를 덜 보며 살아야겠다고 생각하며 한국으로 돌아왔다. 여행을 하는 내내 랄라만 생각하진 않았다. 오로지 나만 돌보는 시간이었다. 가족이 랄라를 잘 돌봐주고 있을 것이라고 생각했기 때문이다. 여행 가방을 들고 현관문을 열자 구석에 있는 랄라가 가장 먼저 눈에 들어왔다. 랄라는 발을 몸 쪽으로 바짝 붙이고 동그랗게 몸을 말고 있었다. 이른바 '저금통' 자세. 토끼는 마음이 편할 때, 기분이 나쁠 때, 몸이 아플 때 주로 저금통 자세를 한다.

랄라는 무뚝뚝한 얼굴로 거실 구석에서 저금통 자세를 하고 있었다. 나는 여행 가방을 현관문에 둔 채 랄라를 향해 달려갔다. "랄라야, 잘 지내고 있었어?" 그러곤 랄라의 머리를 향해 손을 뻗었다.

랄라는 내 손을 향해 앞니를 들이댔다. 그러고는 꽉 물어

현관문에 들어서면 늘 보던 랄라의 표정. '삑삑' 도어락 누르는 소리를 알아들은 것인지, 계단을 오르는 내 발걸음 소리를 알아들은 것인지는 모르겠다.

버렸다. 내 손등에는 랄라의 앞니 자국이 선명하게 남았다. 이빨 힘이 얼마나 센지 피도 흘렀다. 당황한 나는 "랄라야, 왜 그래?"라고 물었지만 랄라가 대답할 리 없었다. 랄라는 표정도 시큰둥했다. 오라고 해도 오지 않고, 내가 아무리 불러도 반응이 없었다. 평소에는 잠을 청할 때 꼭 옆에 와서 자더니 그날은 나를 투명인간 취급하듯 침대 밖에서 잠을 청했다.

밥을 줄 때도 나를 멀리했다. "랄라"라고 부르는 내 목소리만 허공을 맴돌 뿐이었다. 랄라는 아마 내가 자신을 버리고 떠난 줄 알았던 것 같다. 토끼의 시간과 사람의 시간은 다르게 흘러간다. 토끼의 네 시간은 사람의 하루와 같다고 한다. 나에겐 고작 열흘이었지만, 랄라에게는 60일에 가까운 시간이었을 것이다. 함께 했던 사람이 60일 동안 보이지 않는다면 어떤 기분일까? 나라도 버림받았다는 생각을 했을 테다.

단단히 토라진 랄라를 보고 있자니 이런 생각도 들었다. '어쩌면 나는 혼자서 뭘 잘하는 사람이 아니라, 책임지지 않으려 상황을 피하는 사람이었던 것이 아닐까?' 이번에도 나는 혼자 하는 여행을 핑계로 랄라에 대한 책임을 가족에게 미뤄둔 것이다.

랄라의 화를 풀어주는 데는 오랜 시간이 걸렸다. 여행을 다녀온 기간은 열흘이었지만 랄라를 달래는 데는 꼬박 한 달이 걸렸다. 맛있는 딸기도 사다주고, 랄라 옆에 살포시 다가가 "미안했다"며 말을 건네기도 했다. 랄라는 조금씩 나와 거리를 줄이더니, 마침내 화를 풀었다. 그러곤 자신이 물었던 내 손등에 볼을 가져다 댔다.

이 일을 계기로 나는 불공평하거나 합리적이지 않은 일은 거절할 수 있는 사람이 됐다. 그렇다고 무조건 거절만 하는 것은 아니다. 거절에 따른 책임이 무엇인지도 분명히 알게 됐다. 결국 랄라 덕이다.

토끼를 쓰다듬는 시간

"탁탁" 소리를 내며 침대 한쪽을 손바닥으로 툭툭 친다. 그러면 저 멀리서 풀을 먹고 있던 랄라가 귀를 흔들며 나에게 다가온다. 눈을 살포시 감고 내 손바닥 아래로 자신의 머리를 슬쩍 들이민다. 그러면 나는 기다렸다는 듯이 랄라의 머리를 부드럽게 쓰다듬어준다. 일종의 안마 서비스다. 머리부터 시작해서 랄라의 양 볼과 귀를 만져주면, 랄라는 이내 스르륵 잠이 든다.

랄라는 어릴 때부터 머리를 쓰다듬어주는 것을 참 좋아했다. 토끼는 다른 반려동물들과 비슷하면서도 다르다. 만질 때 가장 좋아하는 부위는 이마와 양 볼이다. 가장 싫어하는 부위는 엉덩이 쪽과 발이다. 토끼마다 조금 차이가 있긴 하지만 대개 비슷하다.

어리광을 부리던 랄라. 침대에 누워 쉬려고 하면 어디선가 뛰어와 자신을 만져달라 쉼 없이 보챘다. 그러면 나는 또 못 이긴 척 랄라 머리 위에 손을 얹어 부드럽게 쓰다듬었다.

사실 아기 랄라와 나는 사이가 좋은 편은 아니었다. 나의 일방적인 두려움 때문이었다. 내가 만져서 작은 토끼가 어떻게 될까봐 걱정했던 것 같다. 어느 날은 분홍색 빨래통을 자신의 집 삼아 들어가 있던 랄라를 향해 손을 조심스럽게 내밀었다. 아기 랄라는 이때부터 나에게 자신의 머리를 슬쩍 들이밀었다. 마치 자기는 이런 일이 너무나 익숙하다는 표정이었다. 나는 랄라의 머리를 쓰다듬었다. 처음에는 1분에 30번 정도, 그다음에는 아주 빠르게 랄라를 쓰다듬었다. 서서히 눈을 감는 그 모습이 참 신기했다.

나도 모르게 토끼가 좋아하는 스킨십을 파악해 공략한 것이다. 유튜브에 들어가서 '토끼'나 'Rabbit'을 검색해보니 나 같은 사람들이 많았다. "토끼는 머리 만져주는 것을 좋아해요. 사실 만져주는 쪽이 서열이 낮은 거라던데, 뭐 사람을 서열 아래로 본다기보다는 기분이 좋아서 그러는 경우가 더 많은 것 같아요. 대신 주의 사항이 있는데 한번 시작하면 한 시간 내내 만져줘야 하는 경우도 있답니다." 유튜브 속 선배 반려인은 이런 조언을 건넸다.

랄라와 신호를 정했다. 내가 손바닥으로 침대를 툭툭 치면 '너의 머리를 만져주겠다'는 뜻이다. 처음에는 못 알아듣는 것 같았지만 반복적인 행동이 계속되니 똑똑한 랄라는 이 신호를 알아챘다. 기특한 이 녀석은 머리를 만져주던 손이 멈추면 다시 자신을 어루만지도록 하는 방법도 알아냈다. 가끔 다른 일을 하느라 머리를 만지다 손을 거둘 때가 있다. 그러면 랄라는 따뜻한 혀로 뽀뽀를 퍼붓는다. 그 모습이 어찌나 귀여운지 하던 일을 멈추고 랄라를 만져줄 수밖에 없다.

토끼는 어리광도 많은 편이다. 조금만 아프면 세상 아픈 척은 다 한다. 아마도 소리를 거의 내지 못하는 토끼만의 생존법이 아닐까 싶다. 랄라는 어릴 때 유독 잔병치레가 많았다. 기침도 하고 콧물도 흘려서 내 속을 상하게 한 적이 한두 번이 아니다. 아픈 것 같아 병원에 가면 수의사는 "토끼가 그렇게 크게 기침을 할 리가 없다"며 꾀병이라고 진단을 내릴 때가 종종 있었다. 당시 랄라는 아마 내 관심을 끌고 싶었던 것 같다.

어리광 많은 랄라는 사랑이 고픈 토끼였나보다. 그래서 유독 사람의 따뜻한 손길을 좋아한 걸지도 모르겠다. 토끼를 키우고자 하는 사람들에게 토끼 만지기 팁을 알려주자면, 처음부터 무턱대고 손을 들이미는 것은 사실 좋지 않다. 일단 손을 토끼 쪽으로 가져가되 바닥과 가깝게 두자. 그러고는 부드럽게 말을 건넨다. "나는 너를 해치지 않아. 토끼들이 머리 만져주는 걸 좋아한다고 해서 만져주려고." 그러곤 토끼의 머리를 부드럽게 만져준다. 간혹 휙 떠나버리는 경우도 있다. 포기하지 말고 계속 시도해보자. 머리를 앞뒤로 부드럽게 만져준 다음에는 귀도 만져준다. 그리고 양 볼과 몸통으로 범위를 넓혀가면 된다. 처음에는 낯설어하던 토끼들도 어느새 이 손길에 빠져들 것이다.

사람도 스킨십을 하면 관계가 좋아지듯이 토끼와도 마찬가지로 온기를 나누면 더 가까워진다. 랄라와 나는 그렇게 점점 가족이 된 것 같다. 랄라를 쳐다본 후 침대를 툭툭 친다. 랄라가 침대 위로 폴짝 뛰어올라온다. 그 모습이 너무나 사랑스럽다. "랄라야, 엄마 손맛 어때? 좀 괜찮지?"

랄라의 사춘기

나는 어렸을 때부터 욕심이 많은 편이었다. 하고 싶은 일이 있으면 해야 했고, 사고 싶은 것이 있으면 사야 했다. 홀로 자식 둘을 키우게 된 사십대의 엄마는 중학교 3학년이 된 나에게 한 가지 부탁을 했다. "엄마가 지금 조금 힘들어서 그런데, 바로 취업 전선에 뛰어들 수 있는 실업계 고등학교로 진학하는 건 어떨까?" 하지만 나는 그럴 생각이 없었다. 공부가 재밌었고, 대학에도 가고 싶었다. 당시 나는 시험 문제 하나 틀린 것에도 부르르 떨던 재수 없는 모범 학생이었다. 공부 대신 취업을 한다는 것은 당시 나로서는 용납할 수 없는 일이었다. 몇 날 며칠을 울었고, 엄마는 항복했다. 나는 내 뜻대로 인문계 고등학교에 입학했다.

내 사춘기는 중3이 되어서야 찾아왔고 고등학교를 다니는 3년 내내 계속됐다. 엄마에게 비수를 꽂는 말을 쏟아냈다.

선생님들에게는 사소한 일로 화를 내기 일쑤였다. 한번은 담임선생님이 나를 살짝 불러 문제집 몇 권을 챙겨준 적이 있다. 살짝 불렀다고는 하지만 '교사용'이라고 찍힌 문제집을 들고 오는 나를 보고 몇몇 아이들은 따가운 눈초리를 보냈다. 그날 나는 집으로 돌아가 "내가 왜 이런 걸 받아야 하냐"고 엄마에게 울며 난리를 쳤다. 나중에야 알았다. 엄마가 얼마나 여러 번 학교 선생님을 찾아가 나를 잘봐달라 부탁했는지. 그때는 그저 이해하기에는 어렸다고 변명한다. 대학을 갈 때도 엄마 품을 떠나 서울로 가고 싶어 훌쩍 떠났다. 엄마와 버스로 다섯 시간 거리인 서울로 오고 나서야 내 사춘기는 끝났다.

토끼 랄라의 사춘기는 두 살쯤 시작됐던 것 같다. 가장 큰 신호는 '뒷발 쾅쾅 치기'다. 토끼는 소리를 잘 내지 않는 동물이지만 뒷발을 치기 시작하면서 토끼가 진짜 조용한 동물이었다는 점을 다시 알게 됐다. 조용했던 토끼와 살았던 일은 이제 추억이 됐다. 랄라는 주로 나에게 불만이 있을 때 뒷발을 바닥에 치곤 했는데, 사춘기를 맞이하자 그 횟수가 잦아졌다. 거기에 "크릉" 소리까지 같이 내면 가까이 다가갈 수도 없다. 내가 늦잠을 자서 밥시간을 조금이라도 놓치면 기다렸다는 듯이 뒷발치기를 했다. 또 내가 머리를 만져주다가 멈춰도 어김없이 뒷발치기를 했다. 처음에는 이 상황이 당황스러웠다.

랄라의 사춘기는 나를 종종 슬프게 했다. 어떤 날은 매서운 눈으로 나를 쳐다봤는데, 그 이유는 알 수 없었다.

나에게 첫 토끼였기 때문에 왜 뒷발을 치는지도 몰랐다. 그저 랄라가 다치지 않을까 걱정했다.

말 못 하는 토끼는 몸짓으로 자신이 하고 싶은 이야기를 한다. 신이 나면 온몸을 뒤틀며 방 끝에서 끝까지 뛰어다닌다. 반대로 화가 나거나 불만이 있으면 뒷발을 쿵쿵 차면서 한자리에 가만히 있는다.

사춘기 랄라는 어느 날은 뒷발치기를 했다가 어느 날은 내 손길도 거부하고 구석에서 단식 농성을 했다. 사춘기에는 이유가 없는 법. 랄라의 사춘기도 사실 별 이유가 없었던 것 같다. 랄라가 조금이라도 화를 풀었으면 하는 마음에 좋아하는 딸기를 주기도 하고 앞에서 춤을 추며 재롱을 피우기도 했다. 그 노력이 랄라의 마음에 닿았는지는 아직도 잘 모르겠지만, 시간이 흐르면서 자연스럽게 랄라의 사춘기도 조용히 끝났다. 내 사춘기가 그랬듯 말이다.

엄마가 될 수 없는 랄라

랄라는 자신을 똑 닮은 아기 토끼를 낳을 수 없다. 중성화 수술을 받았기 때문이다. 랄라가 다섯 살이 되던 해, 배를 조금 절개해 자궁을 들어냈다.

랄라를 만나기 전에는 토끼도 중성화 수술을 한다는 사실을 알지 못했다. 병원에 몇 번 방문하고, 랄라를 사랑하게 되면서 중성화 수술은 항상 숙제로 남았다. '수술을 하다 랄라가 죽을 수도 있지 않을까?' '랄라가 자기를 꼭 닮은 아기 토끼를 낳고 싶지는 않을까?' '인간의 이기심 아닐까?' 이런 생각을 수없이 했다. 그래서 중성화 수술을 결정할 때까지 꼬박 5년이란 시간이 걸렸다.

"암컷 토끼는 자궁 질환 발병률이 80퍼센트가 넘어요. 중성화를 하지 않으면 다섯 살을 넘기지 못하는 경우도 있어요.” 그때는 이런 수의사 말을 믿지 못했다. 차가운 수술대 위에서 랄라를 고통스럽게 하는 것은 아닌지 걱정만 했다.

중성화 수술 얘기를 백번 넘게 듣고 나서야 나는 랄라를 수술대로 보냈다. 2018년 4월부터 한국일보에 '토끼랑 산다'를 연재하면서 중성화에 대한 공부를 시작했다. 구글 검색을 하고 자료들을 뒤져보니 중성화 수술은 영국, 미국 등 토끼를 반려동물로 인정하는 나라에서는 흔한 일이었다. 영국에 있는 한 동물보호단체에서는 중성화를 하지 않으면 토끼를 입양 보내지 않는다고 한다. 수술 또한 경험이 많은 수의사를 만나면 안전한 편이라고 했다.

내가 중성화 수술을 미루는 동안 랄라는 극심한 스트레스에 시달렸다. 따뜻한 봄이 다가오면 자기 털을 몽땅 뽑아버렸다. 그렇게 뽑은 털로 아기 토끼를 키울 수 있는 따뜻한 공간을 만들었다. 이른바 산실이다. 때로는 침대 위에 털을 잔뜩 깔아둔 적도 있다. 밤새 나는 입에 들어간 랄라 털을 뱉느라 바빴다. 가끔은 이리저리 뛰며 '꾹꾹' 소리를 거세게 내기도 했다. 발정기 때 내는 소리다.

늘 다니던 병원이었지만 수술 날짜가 다가오니 어쩐지 두

려워졌다. 죽음에 대한 공포 때문이었다. 랄라는 이런 내 마음을 알았던 것 같다. 병원 가기를 좋아하지 않았는데 그날따라 유독 두 귀를 흔들며 나를 웃게 했다. 랄라는 항상 나를 위로했다.

수의사는 랄라를 번쩍 안아 수술실로 향했다. 랄라가 나에게 "엄마, 저 어디로 가요?"라고 묻는 것 같았다. 수의사 어깨에 매달린 랄라를 외면한 채 애써 담담한 척 진료실을 나왔다. 수술 시간은 마취에서 깨어나는 데까지 네 시간이 넘게 걸렸다. 대기실 텔레비전에는 인기 있는 동물 관련 프로그램이 나오고 있었다. 주인과 평화롭게 시간을 보내는 동물들이 화면에 나타났다. '랄라는 별일 없겠지'라며 마음을 다독였지만 시간은 느리게 흘러갔다.

수술이 끝난 후 수의사와 함께 회복실로 향했다. 랄라는 귀에 회복 링거를 맞으며 누워 있었다. 난생처음 보는 모양의 링거였다. 배에는 하얀색 붕대가 칭칭 감겨 있었다. 눈물이 날 수밖에 없는 순간이었다. 힘없이 축 늘어져 있는 나의 작은 가족. 랄라에게 몹쓸 짓을 한 것만 같았다.

회복실에 딱 붙어 랄라를 쳐다봤다. 랄라는 기특하게도

조금씩 눈을 또렷하게 떴다. 집으로 향하는 동안 랄라에게 “고맙고 미안하다”는 말을 반복했다. 랄라를 위해 한 일이었지만 랄라를 아프게 한 것 같아 어쩔 수 없이 마음이 무거웠다. 랄라는 집으로 돌아오자 몸을 둥그렇게 말더니 침대 밑으로 쏙 들어갔다. 그러고는 한참을 움직이지 않았다. 스트레스에 약한 토끼니까 당연한 행동이었다. 보통 암컷 토끼는 회복기간이 길게는 일주일 넘게 걸린다. 다행히 랄라는 하루 만에 신나게 뛰어서 나를 놀라게 했다. 다만 이 장난기가 문제였다. 이리저리 침대 위를 누비며 뛰어다닌 덕에 수술 후 고생을 많이 했다. 혀로 핥아버린 상처 부위가 벌어져서 다시 병원을 찾은 일도 있었다. “가족이 아파요”라는 사유와 함께 나는 반차를 썼다.

씩씩한 랄라는 중성화 수술을 완벽하게 이겨냈다. 다만 수술 때문에 밀어버렸던 배 쪽 털은 다시 자라는 데 시간이 꽤나 걸렸다.

오물오물,
저도 말할 수 있어요

늦은 저녁 퇴근해 랄라를 감싸안은 후 사랑에 대해 묻는다. 랄라는 입을 오물오물 움직인다. 눈빛은 초롱초롱하다. 마치 나에게 사랑은 이렇고 저렇다고 답하는 것 같다. 그러면 말 많은 나는 놓치고 않고 랄라에게 주절주절 늘어놓는다. "지켜줄게." "아프지 마." 나를 위한 말인지 랄라를 위로하는 말인지 헷갈리긴 하지만. 그럴 때마다 랄라는 입을 오물오물거린다. 타이밍도 정확하다. 토끼 반려인들은 토끼가 사람의 말에 대답을 한다고 믿는다.

공식적으로 연구된 적은 없지만 토끼는 사람들 생각보다 훨씬 똑똑하다. 지능은 토끼마다 다르지만 토끼 협회 등에서 발표한 내용에 따르면 똑똑한 토끼는 아이큐가 60이 넘는다고 한다. 물론 학습이 필요하다. 랄라도 처음부터 입을 오물거리며 대답하지는 않았다. 함께 산 지 1년이 될 때까지, 랄라는 아무리 불러도 입을 움직이지 않았다. 눈빛에 총기도 없었다.

수다쟁이인 나는 매일 랄라에게 말을 걸었다. 리포터로 일할 때는 하루에도 열 명이 넘는 낯선 사람에게 말을 걸어야 했다. 하루는 지역 국화축제 현장을 취재하러 갔다. 알지도 못하는 중년의 여성들을 붙잡고 함께 노래를 부른 후에야 겨우 원하는 답을 얻을 수 있었다. 내 말에 친절하게 대답해준 건 이 여성들뿐이었다. 대부분은 내가 말을 걸기도 전에 나를 잡상인 취급했다. 눈빛에는 경계가 가득한데 그럴 때면 주눅이 잔뜩 든다.

반복되는 상황을 랄라에게 매일 하소연하듯 말했다. 혼자 끝없이 늘어놓는 넋두리에 어느 날 랄라가 입을 움직였다. 입술 위아래를 움직였는데, 마치 나에게 "엄마, 괜찮아"라고 말하는 것 같았다.

말문이 트인 랄라가 기특해 토끼를 키우는 친구에게 말했더니, 랄라가 진짜 말을 한 것 아니냐며 물개 박수를 쳤다. 사람이 입술을 움직이며 말을 하니 랄라도 그걸 관찰했다 익힌 것 같다는 것이다. 랄라가 내 말을 알아듣는 것 같다는 확신이 마음속에 자리 잡았다. 그날부터 나는 적극적으로 랄라와

매력 포인트 하나. 토끼의 입은 평소에 세모 모양인데, 입을 조금 벌리면 동그란 모양이 된다.

매력 포인트 둘. 코와 입이 연결되면서 알파벳 'Y' 모양이 되는 것. 무한정으로 바라볼 수 있다.

대화하기 시작했다. 말을 걸지 않으면 오히려 랄라가 더 섭섭해하는 것 같았다.

랄라와 얘기를 하면 좋은 점이 많다. 일단 내가 아무리 긴 이야기를 해도 들어준다. 비밀을 말해도 괜찮다. 사실 살다보면 가족에게도 하지 못하는 이야기가 많다. 그런 건 랄라에게 털어놓는다. 랄라가 명쾌한 답을 주지는 않지만 들어주는 것만으로도 큰 위로가 된다. 게다가 랄라는 항상 내 편이다. 내가 누군가를 욕해도 항상 오물오물 입을 움직여주니 마음대로 해석이 가능하다.

랄라와 대화를 한 후 마음에 평화가 찾아왔다. 밖에서 상처받는 일이 잔뜩 있어도 '나에게는 랄라가 있어서 괜찮아'라고 스스로 위로할 수 있게 됐다. 하루의 상처를 랄라에게 털어놓은 후로 나는 한결 여유로운 사람이 됐다.

랄라에게 참 고맙다. 사람들 시선을 유독 신경 쓰는 성격 때문에 말도 제대로 못하는 내게 말동무가 되어주니 말이다. 랄라 덕분에 나는 오늘도 마음에 병을 쌓아두지 않는다. 아니, 그러지 못한다.

토끼가 여름을 나는 방법

랄라는 나를 닮아 더위를 많이 탄다. 토끼 관련 논문들을 살펴보면 토끼는 땀샘이 입술을 빼고는 없다. 거기다 털옷까지 입고 있으니 여름이면 얼마나 괴로울까. 그래서인지 여름이면 랄라의 움직임이 눈에 띄게 줄어든다. 사람처럼 땀을 흘리지는 않지만, 시원한 그늘을 찾아 다리를 쭉 펴고 있는 모습만 봐도 얼마나 더운지 느껴진다. 랄라를 위해 쇼핑을 좋아하는 내가 나섰다.

가장 먼저 생각한 것은 '대리석 침대'다. 대리석이 침대 매트리스 역할을 하는 건데 그 위에 손을 가만히 대고 있으면 찬 기운이 느껴진다. 랄라는 대리석 침대를 좋아했다. 그 모습이 얼마나 귀여운지, 묘사하자면 이렇다. 대리석 침대는 랄라 몸의 두 배가 넘는다. 랄라는 폴짝 그 위로 올라간다. 얼굴부터 몸통, 다리, 발가락까지 쭉 대리석에 붙인다. 눈을 서서히 감는

랄라가 여름을 즐기는 자세. 랄라는 더위를 많이 타는 편이었다. 대리석 침대에 깔아준 시원한 쿨매트에 올라가면 세상을 다 가진 것 같은 표정을 지었다.

다. 나른해 보이는 표정이 보는 사람도 잠들고 싶게 만든다.

한번은 랄라가 많이 피곤했던지 대리석 침대에 누워 있다가 오른쪽 볼을 대리석에 쿵 하고 박았다. 자다 깬 랄라는 깜짝 놀라서 얼떨떨한 얼굴로 나를 쳐다봤다. "엄마, 대리석 침대가 나 때렸어요." "어리석은 토끼야. 너는 대리석 침대와 싸운 것이 아니라 졸음과 더위에 졌단다." 랄라는 그 뒤로도 종종 대리석 침대와 싸웠다. 그래도 끝은 항상 해피엔딩이었다.

다음 아이템, '미니 선풍기'는 정말 힘들게 샀다. 토끼를 위해 선풍기를 살 때는 조건이 따라붙는다. 첫째, 선이 없어야 한다. 다 물어뜯어서 먹어버릴 테니까. 둘째, 작아야 한다. 크기가 너무 크면 무서워하니까. 랄라는 자기보다 큰 물체가 돌아가거나 소리를 내면 종종 놀란다. 그래서 랄라는 청소기를 세상에서 제일 무서워한다. 청소기 소리만 나면 안 그래도 큰 눈을 더 크게 뜨고 멀리 도망가버린다. 뒷발을 우당탕거리면서 도망가는데 혼비백산이라는 표현이 여기에 딱 맞는 것 같다.

심사숙고 끝에 고른 미니 선풍기는 대리석 침대와 함께 랄라에게 좋은 여름 친구가 되었다. 여기에 매일 수제 아이스크림도 제공했다. 탐스럽고 달콤한 '냉동 블루베리'다. 랄라는 매일 블루베리 먹는 시간만 기다렸다. 내가 냉장고로 가기만 해도 어디에 있든 후다닥 뛰어왔다. 덕분에 나는 매일 황급히 달려오는 랄라를 다리에서 떼놓기 바빴다. 하지만 랄라는 이미 이성을 잃고 내 다리에 딱 붙어 떨어질 생각을 하지 않았다. 블루베리 다섯 알 정도를 오물오물 씹어 먹고서야 나를 떠났다.

기억을 더듬어보니 랄라와 보낸 첫 여름에는 그냥 에어컨만 24시간 틀었다. 1-2년을 그렇게 보내다 어떻게 하면 랄라가 여름을 더 행복하게 보낼 수 있는지 자연스럽게 알게 된 것 같다. 랄라는 여름을 싫어하지 않았다. 달콤한 블루베리가 있는 여름을 사랑했다.

토끼가 겨울을 나는 방법

토끼의 부드러운 털에 얼굴을 대고 있으면 세상을 다 가진 기분이 든다. 처음 랄라를 데리고 왔을 때, 여름만큼 걱정했던 것이 겨울나기다. 우리 랄라는 조금 별난 편이다. 마트 토끼장에서의 생활이 녹록지 않았는지 기침을 자주 했다. 토끼의 기침 소리는 사람이 내는 '에취'와는 다르다. '쿨럭'에 가깝다.

아무리 따뜻한 겨울옷을 입고 있다고 해도 랄라는 어릴 때부터 몸이 약했기 때문에 여름만큼 겨울도 철저히 준비해야 한다고 생각했다. 내가 살던 집은 난방이 잘되지 않았다. 자취생들 처지가 다 비슷하겠지만, 보일러 한 번 트는 것에도 손을 벌벌 떨게 된다. 거기다 월세가 비싸기로 유명한 서울에서 보증금 1,000만 원, 월세 40만 원 집에 어떤 것을 기대할 수 있었을까. 내가 살던 집 주변에는 유난히 나무도 산도 많았다. 한기를 막아주지 못했고 매해 겨울 찬바람을 고스란히

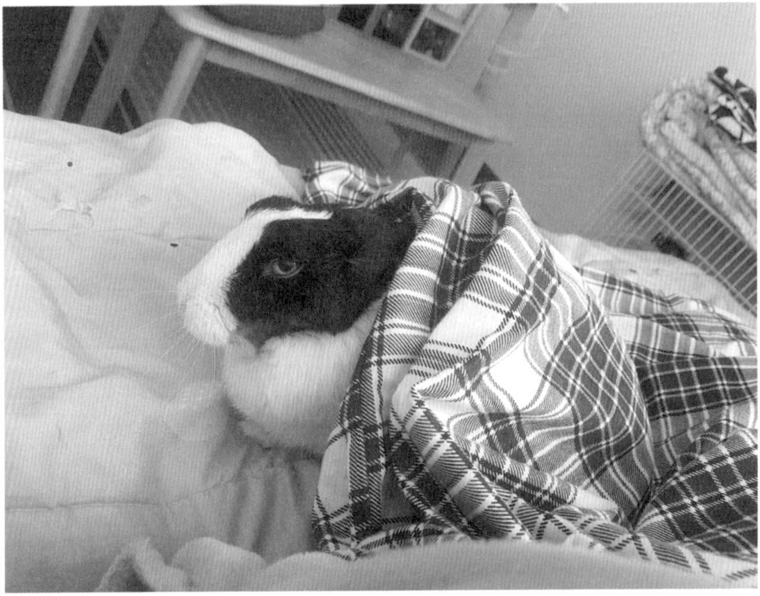

랄라는 이불 덮기를 즐겼다. 포근한 이불을 덮어주면 한참을 덮고 있다 그대로 잠이 들었다.

느껴야 했다. 랄라가 온 첫 겨울은 별다른 대비를 하지 못했다. 씻을 때만 보일러를 틀던 내가 아침저녁으로 세 시간 넘게 난방을 한 것이 유일한 겨울나기 방법이었다.

토끼 집사 레벨이 오르면 겨울나기 방법도 자연스럽게 진화한다. 일단 나는 랄라의 체온을 재는 일부터 시작했다. 토끼의 체온을 아는 방법은 간단하다. 귀에 손을 가져다대면 된다. 토끼 귀가 차가우면 몸도 차갑다는 뜻이다. 랄라는 몸이 추워지면 이른바 저금통 자세를 하고 한곳에 가만히 앉아 있는다. 그때 귀에 손을 가져다대면 얼음장처럼 차가운 경우가 많았다.

랄라를 위해 가장 먼저 준비한 것은 부드러운 '극세사 이불'이다. 극세사 이불을 랄라 집 주변에 깔아줬다. 바닥의 차가운 기운을 막을 수도 있고, 랄라가 이불 안에 들어가 휴식을 취할 수도 있었다. 랄라는 극세사 이불을 정말 좋아했다. 날씨가 조금이라도 추워진다 싶으면 이불 안으로 달려갔다.

우리나라 반려 토끼들은 대부분 굴토끼를 개량한 종이다. 때문에 앞발로 땅을 파는 습관이 있다. 랄라도 그래서인지 이불을 앞발로 긁는 일에 취미를 붙였다. 아침에 일어나면 극세사 이불 조각이 눈 내리듯 휘날렸다. 이불 조각을 치우는 일이 힘들지는 않았지만, 혹시라도 랄라가 먹지 않을까 걱정됐다.

극세사 이불 다음에는 의자에 올려놓는 '1인용 전기장판'을 마련했다. 이것도 랄라가 좋아했다. "랄라야~ 장판 틀어줄까?"라고 말하면 랄라는 귀신같이 알아듣고 장판 위로 폴짝 뛰어올라왔다. 치명적인 단점이 있다면, 내가 없을 때는 랄라가 사용할 수 없다는 점이다. 내가 없을 때 장판에 연결된 전선을 뜯는 일이 생긴다면? 그대로 감전돼서 생명을 잃을 수도 있다. 전기장판은 주의 깊게 살필 자신이 없는 사람에게는 추천하지 않는다.

가장 좋았던 것은 '고무 물주머니'였다. 처음부터 랄라에게 줄 목적으로 산 것은 아니다. 나도 랄라처럼 추위를 많이 타고 특히 손발이 차가운 경우가 많았는데, 직장 동료가 물주머니를 추천해줬다. 고무로 만든 물주머니에 펄펄 끓는 물을 넣어주면 12시간 이상 따뜻한 기운을 느낄 수 있다고 했다. 실제로 그랬다. 물주머니에 물을 가득 담아 안고 있었던 어느 날. 랄라가 침대 위로 올라와서는 물주머니 옆에 다리를 쭉 펴고 앉았다. 그 뒤로 물주머니는 랄라의 겨울나기 최고 아이템으로 등극했다.

익숙한 곳이
낯설어지는 순간

누구에게나 좋아하는 공간이 있다. 내게는 마트가 그런 공간이었다. 신기한 물건이 눈에 보이면 한참 구경하고, 평소 소소하게 물건을 사는 것을 좋아하는 편이다.

어느 순간, 그 공간이 낯설어졌다. 랄라는 마트에서 왔다. 마트에서 토끼를 파는 것이 이상하지 않던 시절이었다. 언제부터인가 마트에서 토끼가 점점 사라졌다. 토끼를 키우는 사람들과 동물을 사랑하는 사람들이 불만을 표현하기 시작했기 때문이다. 동물보호단체 사람들은 마트 앞에 서서 "동물을 팔지 말라"며 시위를 하기도 했다.

마트에 사는 토끼들은 대부분 작은 유리 상자에 갇혀 있었다. 먹이는 풀 조금이 전부이고 물통은 없는 경우가 허다했다. 사람들은 "토끼를 이렇게 키우면 안 된다"고 소리 높였다. 항의하는 횟수가 점점 늘어났고, 마트들은 서서히 토끼 판매를 중단했다. 하지만 모든 마트가 그랬던 건 아니다. 아직도 지방 곳곳에 토끼를 파는 마트들이 많다.

내가 사는 곳 주변에도 토끼를 파는 마트가 있다. 우리나라 사람부터 관광객까지 많은 사람들이 오가는 곳이다. 그곳 2층에 하얀색 토끼 한 마리가 있었다. 아이라인을 그린 것처럼 또렷한 눈을 가진 토끼는 내가 손을 내밀자 얼굴을 바짝 들이밀었다. 그러고는 한참을 내 얼굴을 들여다보고는 자리에 털썩 누웠다.

"이 토끼는 언제부터 혼자 살았나요?" 내 질문에 점원이 달려왔다. "원래는 두 마리가 함께 살았는데 얘만 남았어요. 임신한 것 같아요. 얘 사 가세요. 얼마나 예뻐요." 다시 물었다. "만약에 누가 안 데려가면 이 토끼는 어떻게 되나요?" 점원은 본사로 간다고 했다. 그 본사가 대체 어디일까? 보통 마트에서 팔리지 않은 토끼는 농장으로 돌아가 출산을 반복하다 생을 마감한다고 했다. 때로는 토끼 음식점으로 팔려간다고 한다.

작다는 이유로 지금도 마트에서 토끼가 팔리고 있다. 마트에서 토끼를 사는 사람들은 대부분 어린아이를 키우는 부모라고 한다. 카트 안에 담긴 라면 한 봉지와 별반 차이도 없이, 토끼는 그렇게 마트에서 팔리고 있다.

스트레스에 약한 토끼는 마트에서 사람들의 말소리, 뛰어다니는 소리를 견딘다. 아이들이 고개를 내밀고 유리를 똑똑 두드리는 소리도 참는다. 마트 토끼들은 서로 뭉쳐 있는 경우가 많다. 추워서일까? 아니다. 토끼들은 사람이 무섭다. 엄마젖을 떼자마자 마트로 팔려온다. 국내의 한 동물보호단체에 따르면, 마트에서 토끼를 파는 나라는 전 세계적으로 우리나라가 유일하다고 한다. 그렇게 좋아하던 마트가 이상한 곳으로 느껴졌다. 내가 원망스럽기도 했다. 나는 랄라를 마트에서 데려왔기 때문에 마트의 토끼 판매에 기여했을지도 모른다. 아마도 많은 사람들이 나처럼 몰랐을 수도 있다. 하지만 돌이켜 생각해보면 몰랐다는 것은 변명에 불과하다.

텔레비전에 나온
토끼 고기

나는 랄라와 산책을 하지 않는다. 그런데 언덕이 가파른 동네에서 살았을 때, 집 근처에는 반려동물도 들어갈 수 있는 공원이 있었다. 하루는 용기를 내서 랄라를 데리고 산책을 나섰다. 말이 산책이지 랄라에게 시원한 바람을 쐬어주는 정도였다. 벤치에 랄라를 내려놓는 순간 저 멀리서 한 여자아이가 뛰어왔다. "와, 엄마! 토끼야, 토끼." 일곱 살 정도 된 아이가 엄마를 향해 크게 소리치자 저 멀리서도 엄마가 인상을 쓰는 것이 느껴진다. 엄마는 아이의 손목을 잡고 휙 사라졌다.

많은 사람들이 토끼를 귀여워하면서도 한편으로는 만지면 병이 옮는 존재라고 생각한다. 혹은 맛있고 영양가 많은 음식이라고 여긴다. 사람들이 토끼를 먹을 것이라고 상상해본 적은 한 번도 없었다. "개 식용을 막아야 합니다." "나비탕이라니요?" 이런 말들을 들어본 적은 있지만 "토끼 고기 좀 먹지 말자"는 말은 생소했다. 랄라를 키우면서 '토끼 고기'라는 단어가 나에게 들려오기 시작했다.

토끼탕을 파는 곳이 있다는 것도 알게 됐다. 내가 토끼를 키운다는 사실을 안 사람들이 가끔 토끼탕 이야기를 했기 때문이다. '토끼랑 산다'를 연재하면서도 토끼탕 이야기를 쉽게 하는 댓글들을 종종 보게 됐다. 장난이랍시고 "토끼 고기 맛있다"는 말을 하는 사람들도 있었다. 사회생활을 해야 하는지라 이런 말을 들으면 그저 웃어넘기지만 듣는 횟수가 늘어나면서 내 안에서 스멀스멀 분노가 치밀었다.

우리나라에서는 토끼 고기는 익숙한 음식 재료는 아닌 것 같다. 사람들에게 "토끼 고기 먹어봤느냐"고 물으면 대부분은 고개를 젓는다. 하지만 서양에서는 얘기가 다르다. 일본, 러시아, 영국, 독일 등의 나라에서 토끼는 다산의 상징이자 정력에 좋은 음식 재료다. 얼마 전에 베네수엘라에서는 "토끼 고기를 먹자"는 운동이 일어났다. 심각한 경제난으로 먹을 것이 부족해지자 나름 해결책으로 나온 아이디어다. 하지만 베네수엘라 국민들은 "토끼도 반려동물"이라며 이 해결책을 비난했다.

얼마 전에 우리나라 텔레비전에서도 충격적인 장면을 접하고 말았다. 음식을 좋아한다는 한 연예인이 진행하는 방송이었다. 이 연예인은 토끼 고기가 그렇게 맛있다며 털을 벗겨 피부가 새빨간 죽은 토끼를 손에 들고 휘휘 허공에 저었다. 이 장면을 보고 내 입에서는 바로 욕설이 튀어나왔다. 개 도살 장면이 지금 이 시대에 음식 프로그램에 나왔다면, 항의를 하고 난리가 날 일이다. 하지만 우리나라에서 토끼는 반려동물보다는 식재료에 더 가까운 걸까?

반려동물을 키우는 사람이라고 해도 크게 다르지 않다. 토끼를 키우는 반려인들 사이에서는 얼마 전 인스타그램에 올라온 몇몇 게시물들이 크게 논란이 됐다. 강아지 반려인들 몇몇이 강아지가 좋아하는 간식을 발견했다는 글과 함께 사진 몇 장을 올렸다. 사진 속 간식은 바로 토끼 발이었다. 발톱 다섯 개가 고스란히 박힌 채 댕강 잘린 토끼 발이 사진에 담겨 있었다. 이 게시물을 본 토끼 반려인들은 화를 참지 못하고 "당신의 강아지가 소중하듯 우리 토끼들도 소중하다"며 게시물을 내려달라고 요청했다. 여기서 더 나아가 토끼를 함부로 도축하지 말자는 움직임도 일었다. 나도 동참했다. 조심스럽게 게시자들에게 메시지를 보내 토끼가 어떤 사람에게는 반려동물이 될 수 있다는 사실을 알리기도 했다. 몇몇은 나의 메시지를 무시했지만 사과를 전하는 강아지 반려인도 있었다.

사람들에게 토끼를 먹지 말라고 강요할 수는 없지만 전시품 삼아 소비되는 것을 볼 때면 마음이 아프다. 그래서 나도 인스타그램을 시작했다. 랄라에 대한 이야기를 연재하면서 토끼 반려인들을 한곳에 모으고 싶었다. 내가 가지고 있는 토끼에 대한 지식도 알리고 함께 공유하고 싶었다. 벌써 나에게는 700명 가까운 토끼 반려인 친구들이 생겼다. 토끼에 대한 지식도 나누고 고민도 나눈다. 그러면서 토끼를 반려동물로 키우는 사람이 최근 부쩍 늘었다는 것을 알게 됐다. 이들은 나보다 훨씬 열정적이다. 토끼 구조를 위해 서울에서 부산까지 가기도 하고, 구조한 토끼를 입양을 보내기도 한다.

한편에서는 이렇게 많은 사람들이 토끼를 지키고, 또 한편에서는 토끼 고기가 소비된다. 적어도 새빨간 토끼 사체를 미디어에서 보는 일만은 없었으면 좋겠다.

2장

두 토끼 이야기

랄라에게
동생이 생기다

토생 6년차. 랄라에게 위기가 찾아왔다. 엄마가 상의도 없이 공원에서 아기 토끼를 데려왔다. 동생 이름은 '햇살이'. 그때부터 랄라에게는 지금까지 경험해보지 못했던 일들이 벌어졌다. 1킬로그램도 채 되지 않는 작은 녀석이 집에 온 순간, '집 배송이 아직 안 됐다'는 이유로 랄라는 집도 빼앗겼다. 그것도 모자라서 엄마의 관심이 저 마음에 안 드는 녀석에게 전부 쏠렸다. 여기까지는 봐주려고 했는데 자신의 사료까지 훔쳐먹기 시작했다.

나는 랄라와 햇살이의 동거가 쉬울 것이라고 생각했다. 랄라에게 조금만 시간을 주면 둘이 절친이 될 것이라고 자신했다. 다른 사람에게 당연한 일이 나에게도 당연할 것이라는 착각이었다. 랄라는 똑똑했고 배려 넘치는 토끼지만 혈기 넘치는 햇살이를 감당하는 것은 또다른 문제였다.

햇살이가 집에 온 첫날. 랄라는 호기심을 보였다. 자신의 집을 당당히 차지한 햇살이를 향해 코를 먼저 들이댔다. 그러곤 킁킁거리며 낯선 냄새를 맡기 시작했다. 햇살이는 지독한 냄새를 풍겼다. 네 발은 오줌에 물들어 노래졌고, 정체 모를 냄새가 온몸에서 났다. 아기 토끼만 열 마리가 넘는 작은 케이지 안에 갇혀 있었던 것이 원인이었다. 마음씨 좋은 공원 아주머니가 청소를 열심히 해주었지만 그것만으로는 역부족이었다. 햇살이에게 다가갔던 랄라는 얼굴을 휙 돌리고 몸도 휙 돌려버렸다.

둘이 친해지길 바랐지만, 혹시 불가능한 일은 아닐까 마음 졸였던 순간이다. 하지만 나는 포기하지 않았다. 해외 토끼 전문 사이트를 뒤지고 토끼 육아책을 읽으며 두 토끼가 공생할 수 있는 방법을 찾았다. 서로 익숙해지게 일단 햇살이를 케이지 안에 둔 상태에서 만남의 시간을 마련했다. 당시는 랄라가 햇살이보다는 몸집이 컸기 때문에 혹시 모를 영역 다툼에 대비해 한시도 눈을 떼지 않았다. 만남의 시간 이후에는 함께 뛰어놀 수 있는 시간을 줬다. 처음에는 10분 정도로 주고 점점 늘려나갔다.

시간이 흐르면서 햇살이 몸에서 나던 냄새도 옅어졌다.

먹는 것을 좋아하는 햇살이를 가족들은 종종 '먹순이'라고 불렀다. 햇살이는 노란 방석 위에서 작은 베개를 베고 낮잠 자는 것을 즐긴다.

랄라의 경계심은 여전했지만, 그래도 둘 사이가 꽤나 좋아 보였다. 문제는 햇살이가 갑자기 크면서 시작됐다. 정확히 알 수는 없지만, 햇살이의 부모는 햇살이의 털 색이나 큰 발로 보아 아마도 몸집이 큰 토끼로 추정된다. 하지만 랄라는 반려 토끼용으로 개량된 몸집이 작은 토끼다. 햇살이는 점점 크더니 어느새 랄라를 추월했다. 그때부터 햇살이는 랄라를 깔보기 시작했다.

내가 보지 않으면 햇살이가 랄라를 물어뜯었다. 힘이 약한 랄라는 햇살이를 피해 여기저기 숨기 바빴다. 그러면 엉덩이 쪽 털까지 뜯기기 일쑤였다. 결국 둘의 동거를 포기했다. 랄라에게 더 이상 스트레스를 줄 수 없었기 때문이다. 처음에는 둘을 철저히 분리하기로 결정했다. 랄라는 내 방에서, 햇살이는 동생 방에서 지내기로 했다. 둘이 만나는 시간은 없어졌고, 집만 공유하는 관계가 됐다. 햇살이를 만나지 않게 된 랄라는 안정을 되찾았다. 혈기왕성한 햇살이는 조금 심심해하는 것 같았지만 곧 자신만의 방식으로 우리 집에서 지내는 방법을 알게 됐다.

여러 마리의 토끼가 함께 지내면 좋을 것이라고 생각하기 쉽지만, 토끼에게 친구를 만들어주는 일은 쉬운 일이 아니다. 그래서 해외에서는 '토끼 합사 방법'을 소개하는 영상과 글을 쉽게 볼 수 있다. 또 합사에 성공하면 부럽다는 얘기를 토끼 반려인들에게 수

햇살이가 오고 몇 주간 랄라와 공간을 분리했다. 햇살이에게는 조금 미안하지만, 랄라는 자유롭게 생활했다. 햇살이는 그런 랄라가 부러웠는지 푹 퍼진 자세로 랄라를 바라보고 있다.

처음 생긴 동생이 좋았던 걸까? 랄라는 햇살이가 자신이 좋아하는 이불을 뺏어도 화 한번 내지 않았다. 가만히 햇살이 옆을 지키는 것이 랄라의 일상이었다.

없이 듣는다. 토끼 관련 책을 낸 전문 반려인에 따르면 토끼 합사는 성별이 다르고 성격이 맞을 때 가능하다고 한다. 또 천천히 시간을 두고 둘 사이에 친밀감을 조성해줘야 한다고 조언했다. 나는 랄라와 햇살이에게 시간을 줬지만, 결국 실패한 사례다. 랄라의 건강 상태, 그리고 둘의 몸집이 너무 달랐던 것이 실패 원인인 것 같다.

실패 경험자라서 그럴 수도 있지만 나는 토끼에게 함부로 친구를 만들어주지 말라고 조언한다. 불쌍하다는 이유로 데려온 햇살이 때문에 랄라가 받은 스트레스를 잘 알기 때문이다. 실제로 내 주변 많은 토끼 반려인들은 버려진 토끼를 구조해야 하는 일이 생기지 않고서는 토끼에게 친구를 만들어주지 않는다. 또 만들더라도 공부하고 또 공부한다. 한 마리가 두 마리가 되는 순간, 누리는 기쁨도 두 배가 될 것이라고 생각하기 쉽지만 현실은 꽤 차갑다.

토끼라고
다 같은 토끼일까

랄라와 햇살이는 겉모습부터 완전히 다르다. 랄라는 판다가 떠오르는 외모다. 검은색과 흰색이 묘하게 대비를 이룬다. 이런 토끼는 '더치Dutch'라고 불린다. 귀여운 외모 덕분에 토끼를 키우고자 하는 사람들에게 인기가 많은 종이다. 미국에서는 더치 토끼를 키우는 사람들의 모임인 '더치 토끼 클럽'이 있을 정도다. 물론 한국에서도 더치는 인기가 많다. 다만 찾아보기가 쉽지 않아서, 토끼들을 모아놓고 키우는 서울 청계천 애완동물거리 상가 같은 곳에서 볼 수 있다.

햇살이는 무구한 역사와 전통을 가진 랄라와는 다르다. 귀는 얼굴보다 크고 눈 쪽에는 갈색 털이 예쁘게 나 있다. 몸통의 무늬는 어찌나 개성이 넘치는지 회색과 갈색 털이 여기저기 섞여 있다. 랄라가 동글동글 귀엽다면 햇살이는 날렵해 보이면서 어딘지 모르게 크다. 몸무게도 완전히 다른데, 랄라는 한 손에 잡을 수 있지만 햇살이는 두 손을 써야 겨우 잡을 수 있다. 랄라 몸무게는 2킬로그램을 넘어본 적이 거의 없는데 햇살이는 2킬로그램을 가뿐히 넘겼다. 햇살이는 반려 토끼용이 아닌 모피용으로 개량된 렉스Rex와 다른 토끼 종이 섞였을 가능성이 높다. 털이 무척 부드러운데, 이는 단모종인 렉스의 특징 중 하나다. 손으로 만지면 그렇게 포근할 수가 없다.

다 같은 토끼처럼 보이지만 토끼 종류는 생각보다 훨씬 많다. 갈기 같은 모양으로 얼굴과 목 주위에 털이 길게 자라는 라이언헤드Lionhead, 귀가 작고 몸집도 작은 드워프Dwarf, 귀가 아래로 축 처진 롭이어Lop ear도 있다.

국내에서는 온전히 품종을 지키고 있는 토끼를 보기는 어렵다. 토끼 애호가들 사이에서는 국내의 반려 토끼 문화가 발전되지 않아서 이런 상황이 벌어졌다는 주장들도 있다. 사람들은 흔히 마트 등에서 토끼를 사는데, 이때 두 마리를 함께 살 것을 권유받는다. 이유는 단순하다. 외롭지 않게 해주라고. 사람들은 토끼 종이나 성별에 대해 인지하지 못한 채 토끼들을 데려온다. 토끼는 알다시피 다산의 동물이다. 중성화라는 개념조차 모르는 사람들이 많아, 마구잡이로 교배가 이뤄질 가능성이 높다. 토끼를 잘 모르고 사 온 사람들은 감당

서래마을의 몽마르뜨 공원에서 만난 아기 토끼들. 이곳에서 태어난 토끼들은 작은 철망에 갇혀 서로의 체온을 느끼고 있었다.

하기 어려워지면 공원 등에 버리기도 한다. 공원에 버려진 토끼들끼리 아기 토끼를 낳고 또 낳는다. 이런 토끼들은 다시 업자 손에 들어가 팔린다. 물론 이 과정에서 중성화란 없다.

한국에도 물론 토끼의 품종을 따지는 사람들이 있다. 한 예로 국내외에서 두루두루 인기가 많은 토끼 품종이 있는데, 바로 '롭이어'다. 늘어진 큰 귀가 정말 특이하다. 그래서 일부러 반려 토끼 문화가 발달한 일본에 가서 롭이어를 입양해오는 사람들도 있다. 그런데 롭이어는 귀가 늘어져 있어, 관리를 잘해주지 않으면 귀 안에 염증이 생기는 등 여러 질병에 시달릴 수 있다.

롭이어의 인기를 이용하는 토끼 농장 주인들도 있다. 국내에서 유명했던 토끼 카페가 2019년 10월쯤 문을 닫았다. 그러면서 키우고 있던 토끼들을 토끼 농장으로 넘겨버렸다. 토끼 반려인들은 그 토끼들을 구하겠다며 나섰다. 그때 농장 주인이 내뱉은 말에 사람들은 인내심을 잃었다. 롭이어가 있어서 저 열 마리 넘는 토끼를 데려왔다며, 롭이어 데려갈 거면 토끼 한 마리당 20만 원씩 내놓으라는 것이다. 롭이어는 중성화도 안된 암컷이었다. 속셈이 뻔히 보였다. 아기 롭이어를 '생산'하는 데 쓰겠다는 뜻이다. 다른 방법이 없었던 토끼 반려인들은 돈을 모아 롭이어 토끼를 비롯한 토끼들을 모두 구조했다. 그 후로 인스타그램이나 토끼 카페를 통해 입양과 임시 보호를 진행했다.

누가 어떻게 생각하느냐에 따라 품종은 문제가 되기도 하고 문제가 되지 않기도 한다. 다른 반려동물들도 마찬가지겠지만. 하지만 한국에서는 토끼에 대해 관심 있는 사람의 수가 현저히 적다. 반려 토끼 문화도 이제야 자리를 잡아가고 있다. 그래도 많은 사람들이 유기 토끼들을 홍보하며 올바른 반려 토끼 문화가 정착되도록 노력하고 있다. 나에게 랄라와 햇살이가 어디 출신이고 어떤 품종인지, 그 품종이 어떤 역사를 가지고 있는지는 중요치 않다. 그저 내 품에 들어온 나의 소중한 가족이다.

토끼를 위한
한 달 지출 명세서

'돈을 쓰지 않고 살아보자' 다짐을 한 적이 있다. 저축을 하고 싶은 마음에 가계부를 쓴 날이다. 가계부를 써보니 동네 편의점에서 산 커피 한 캔부터 일상의 대부분을 소비로 시작해 소비로 끝냈다. 호기롭게 시작한 나의 도전은 두 시간이 채 되지 못해 깨졌다. 띵동 하고 몇 달 전 자동 결제 신청을 한 명상 어플 요금 청구 문자가 오면서다. 그 뒤로도 출근을 위한 버스 요금, 점심값 등 소비가 이어졌다.

토끼를 키우는 데도 생각보다 많은 돈이 필요하다. 마트에서는 토끼를 팔 때 절대 이 사실을 말해주지 않는다. 토끼를 데려오는 데 드는 3만 원만 있으면 모든 것이 충분할 것이라 안심하게 만든다. 박스에 갇혀 집으로 온 토끼에게는 당장 먹을 물과 밥이 필요하다. 급한 마음에 집에 있는 채소를 꺼내주는 것도 하루면 바닥이 난다.

사료와 풀을 구입하는 것부터 모두 돈이다. 기본적인 먹이인 티모시부터 시작해서 말린 벼 새싹, 칡잎 등 욕심을 내면 끝이 없다. 토끼를 키우는 데 기본적으로 필요한 것은 토끼 집, 화장실, 먹이, 물통, 이갈이 간식 등이다. 생활용품점에서 파는 철망을 엮어 토끼 집을 만들어도 5만 원은 족히 든다. 여기에 토끼 화장실을 사고, 물그릇을 장만해주면 추가로 3만 원 정도가 더 든다. 먹이와 간식은 어떻게 사느냐에 따라 다르겠지만 한 달 기준 3킬로그램 정도의 풀을 먹는다고 계산해보면 3만 원이 또 든다. 간식비도 비슷하다. 영양제를 먹이고 토끼를 위한 방석 등을 구매하면 지출은 상상을 초월하게 된다. 얼추 계산을 해보면 초기 반려 비용만 약 15만 원 정도가 필요하다. 여기서 멈추면 좋겠지만 토끼를 키우다 병원이라도 가면 비용은 걷잡을 수 없이 커진다. 랄라는 농양 때문에 고생을 했는데, 병원비로 100만 원 가까운 돈을 한 번에 지불한 적도 있다.

아직 어린 햇살이에게는 매달 일정한 비용이 든다. 티모시, 간식, 영양제, 물품 구입비 정도가 매달 지출된다. 중성화 비용 40만 원과 발톱이 빠졌을 때 진료비 5만 원 정도가 큰 지출이었다.

햇살이는 한 달에 3.2킬로그램 정도의 티모시를 먹는다. 다른 토끼들과 달리 뭐든 잘 먹는 편이라 3-4만 원 정도 비용이 든다. 티모시를 잘 먹지 않는 토끼라면 상황이 달라진다. 입맛에 맞는 티모시를 찾기 위해 이곳저곳에서 티모시를 사기 때문에 티모시 비용만 한 달에 10만 원이 넘는 반려인도 있다. 티모시를 샀다면 간식도 사야 한다. 최근 나는 햇살이 간식으로 귀촌을 한 토끼 반려인이 운영하는 웹사이트에서 칡뿌리, 버드나뭇잎, 칡잎, 벼 새싹 등을 샀다. 간식 비용만 2만 원이 넘게 든다. 여기에 털갈이용 영양제와 각종 풀이 섞인 간식을 샀는데 모두 3만 원 정도가 들었다.

이쯤에서 멈춰달라 생각하겠지만 또 있다. 토끼는 오줌 냄새가 지독한 편이다. 화장실 청소를 매일 해줘야 하는데 화장실에 사용하는 소모재인 우드펠릿과 배변 패드도 거의 매달 사야 한다. 가격이 천차만별이지만 각각 1만 원 정도의 제품을 쓰고 있다. 여기에 전선 물어뜯기 등 사고 수습 비용도 매달 포함된다. 어쩌다 토끼 옷이나 방석을 사는 날에는 돈이 두 배로 지출된다.

토끼에게 이렇게까지 돈을 써야 하느냐고 말하는 사람들도 있다. 하지만 이 비용은 토끼가 행복한 삶을 누리는 데 필요한 최소 비용이다. 아프기라도 하면 병원비는 물론이고 내 삶의 많은 부분을 토끼를 위해 써야 한다. 나는 이 정도 비용과 토끼를 보살피는 데 드는 시간을 감당할 수 없다면 토끼를 키우지 말라고 말한다. 내가 가지고 싶은 것, 필요한 것을 토끼를 위해 내려놓아야 한다. 그래야 이 생명에게 무언가를 해줄 수 있다.

몸으로 말하는
너의 신호

토끼 때문에 종종 당황할 때가 있다. 토끼는 다른 반려동물보다 몸으로 자신의 감정을 더 많이 표현한다. 귀를 움직여 감정을 나타내기도 하고, 발을 사용해 하고 싶은 말을 전한다. 때로는 두 앞니를 이용해 분노를 드러낸다. 시력도 좋지 않고, 소리도 거의 내지 않는 토끼에게는 어쩌면 몸을 써서 의사를 표현하는 일이 자연스러울지도 모른다.

토끼를 키우지 않는 사람에게도, 키우는 사람에게도 낯선 토끼의 언어. 험난한 자연의 세계에서 약체로 불리는 토끼는 온몸을 이용해 자신이 여기 있음을 알린다. 토끼의 귀도 참 신기하다. 귀 모양을 자세히 보면 어떤 이야기를 하는지 알 수 있다. 토끼는 모두가 알다시피 두 개의 큰 귀를 가지고 있다. 소리가 나는 쪽으로 귀를 움직이는데, 왼쪽에서 소리가 나면 정확히 왼쪽으로 귀를 휙 돌린다. 그 소리에 관심이 많다는

티모시에 발을 올리고 소유권을 주장하는 햇살이. 혹여 누가 뺏어갈까, 눈도 귀도 잔뜩 경계 중이다.

뜻이다. 관심이 없으면 귀를 움직이지도 않는다. 편안할 때도 귀 모양을 바꾸곤 하는데, 뾰쪽하게 서 있던 귀를 몸통에 딱 붙인다. 소리를 들을 필요도 없이 아주 편안하다는 뜻이다. 이 모습을 볼 때까지는 많은 시간이 필요하다. 온전히 자신이 믿는 존재에게만 보여주는 모습이기 때문이다. 랄라와 햇살이가 내 손길에 귀를 딱 붙여 '편안함'을 말하기까지는 약 1년의 시간이 걸렸다. 처음에는 손길도 거부했는데, 어느새 내가 손만 들면 머리를 들이미는 지경에 이르렀다.

또 토끼는 온몸을 움직여 감정을 표현하기도 한다. 기쁠 때는 크게 점프를 한 후 뛰어다닌다. 화가 날 때는 뒷발을 치기도 하고 땅을 파는 행동을 하기도 한다. 더 화가 날 때는 항의의 뜻으로 두 앞니로 입에 닿는 것들을 사정없이 물어버린다. 토끼는 야행성 동물이라서, 밤에 그냥 풀어놓으면 새벽에 이유도 없이 침대 위로 폴짝 올라와 내 잠을 방해할 때가 있다. 옆에서 엄청난 소음을 만들며 이불을 두 발로 긁거나 머리카락을 잡아당긴다. 처음 한두 번은 귀여운 외모에 속아 그 모습을 발견하고도 허허 웃기만 했다. 하지만 잠을 자지 못하는 날들이 늘면서 이제는 그런 행동을 보이면 아침이 될 때까지 각자의 집에 잠시 넣어둔다. 그러면 가만히 있다가 내가 깨어날 시간이 되면 앞니로 자신을 풀어달라며 거세게 집 철망을 흔든다. 어찌나 세게 흔드는지 평소에는 두꺼운 입술에 가려져 있던 앞니가 훤히 보일 정도다.

토끼를 키우면서 토끼가 나에게 보여주는 행동들을 이해하는 건 쉬운 일이 아니었다. 말로 표현하는 사람들의 마음 하나도 읽기 어려운데, 말도 하지 않는 토끼의 마음을 이해하는 건 사실 불가능하다고 여겼다. 그런데 토끼와 6년이 넘게 함께 살다 보니 말을 하지 않아도 마음이 읽힌다. 내 머리카락을 잡아당길 때는 심심하거나 배가 고프다는 뜻이다. 슬그머니 옆에 다가오면 안아달라는 신호다. 랄라와 햇살이가 나에게 보내온 표현들은 항상 따뜻했다. 울었던 기억보다는 웃었던 기억이 훨씬 많다.

토끼의 시간은 인간의 시간보다 훨씬 빠르게 흘러간다. 한 살이면 초등학생, 두 살이면 중학생 정도라고 생각하면 된다. 언어도 그에 따라 점점 변해간다. 한 살, 두 살 때는 기분이 좋으면 몸을 많이 움직였다. 방 끝에서 끝까지 뛰어다니기도 하고, 내 주위를 빙빙 돌기도 했다. 세 살, 네 살이 되면서는 그 움직임이 점점 줄어들었다. 다섯 살이 넘어서자 자신만의 언어가 확실해지고, 몸을 덜 움직였다. 기쁠 때는 발랄한 행동 대신 손을 부드럽게 핥거나 옆에서 내 체온만 느끼려고 한다.

길고 긴
너의 속눈썹이 쓰이는 곳

토끼의 속눈썹을 들여다본 적이 있는 사람은 거의 없을 것이다. 하지만 토끼와 사는 사람은 다르다. 애교가 많은 토끼는 밤낮을 가리지 않고 품에 안긴다. 졸린 눈을 깜빡거리며 턱을 팔에 기댄다. 내 얼굴과 토끼 얼굴 사이 거리는 30센티미터가 안 된다. 그렇게 바라보는 토끼의 속눈썹은 참 아름답다. 햇살이 눈은 특히나 더 크고 초롱초롱하다. 속눈썹이 2센티미터는 족히 넘어 보인다. 눈 위에 촘촘히 박혀 있는 속눈썹은 보는 사람의 마음을 두근거리게 만든다. 햇살이는 원하는 것이 있을 때 이 눈을 더 자주 깜박거리는데, 그럴 때면 뭐든 다 해주고 싶다. 또 잠이 올 때도 눈을 깜빡거리는데, 오르락내리락하는 속눈썹을 보고 있으면 나도 덩달아 눈이 스르르 감긴다. 토끼의 매력 포인트를 '귀'라고 생각하기 쉽지만 숨겨진 다크호스는 '속눈썹'이다. 하지만 이 아름다운 속눈썹은 누군가에게는 그저 도구로 쓰일 뿐이다.

햇살이의 속눈썹은 길고 풍성하다. 햇살이가 눈을 깜빡일 때, 미세하게 흔들리는 속눈썹을 자주 바라보았다.

어느 날 영상을 한 편 봤다. 고정 틀에 묶인 토끼들이 하얀색 작은 상자에 갇힌 채 줄지어 얼굴만 밖으로 빼놓고 있었다. 작은 상자에 들어가 있다기보다는 틀에 목이 끼었다고 표현하는 편이 더 정확하다. 토끼 눈에는 쉴 새 없이 화학물질이 주입된다. 또 어떤 토끼 속눈썹에는 무언가가 덧칠해진다. 토끼들은 노란색 눈곱이 가득한 채 눈을 뜨지 못한다. 어떤 토끼는 옆에 있는 토끼의 눈을 연신 핥아준다. 아프지 말라고 친구에게 토끼가 할 수 있는 유일한 행동이 아니었을까? 이 모든 상황들은 공포 영화 속 장면이 아니다. 유튜브만 검색해 봐도 쉽게 볼 수 있는 화장품 테스트 영상이다. '토끼'로 검색하기만 해도 볼 수 있다. 사람들은 자신의 속눈썹을 아름답게 만들기 위해 토끼의 생명을 희생시킨다. 수천 번 마스카라를 눈에 바른 토끼들은 결국 안락사당한다고 한다. 누구를 위한, 무엇을 위한 죽음일까?

2019년 10월 식약처가 발표한 자료에 따르면 최근 5년간 국내에서 실험에 사용한 동물만 1050만 338마리에 이른다고 한다. 이 중에서 토끼는 15만 648마리가 희생됐다. 크로아티아, 뉴질랜드, 인도 등 곳곳에서 화장품 동물실험을 금지한다고 선언하고는 있지만 아직 많은 곳에서 이뤄지고 있다. 우리나라 역시 예외는 아니다. 화장품을 살 때는 동물실험을 하지 않는 브랜드 리스트를 뽑아 다녀야 하니 말이다.

아는 언니도 나처럼 토끼를 키운다. 토끼 이름은 '피비'다. 피비도 사랑스러운 눈망울을 가지고 있다. 피비의 반려인인 이 언니는 나보다 훨씬 먼저 동물보호에 앞장서왔다. 화장품을 좋아하던 이 언니는 가지고 있던 화장품을 처분하고, 동물실험을 하는 브랜드들을 확인하는 일도 했다. 그리고 관련 정보를 블로그에 올려 많은 호응을 얻었다. 누군가는 이 언니에게 "왜 그렇게까지 확인하느냐"고 말하기도 한다. 실제로 어떤 화장품 회사들은 동물실험에 관한 문의에 냉랭하게 답변을 주거나, 몇 달이 넘게 답을 주지 않기도 했다. 또 동물실험을 한다는 답을 받고 사실 그대로를 밝혔을 뿐인데 관련 글이 지워진 적도 있다. 그래도 언니는 포기하지 않았다. 토끼를 죽이는 일에 동참하지 않는 사람들이 더 많아지기를 원했기 때문이다.

나 역시 토끼와 다른 동물들에게 행해지는 모든 실험들을 쉽게 받아들일 수 없다. 더구나 단순히 치장 때문에 토끼가 죽어간다니. 그래서 내가 할 수 있는 일을 하고 있다. 일단 나는 마스카라를 사용하지 않는다. 마스카라를 써야 아름답다는 공식은 누가 만들었는지 모르겠다. 마스카라가 없어도 사람의 속눈썹은 좋은 글과 좋은 풍경을 볼 때 반짝인다. 화장품을 꼭 써야 한다면 동물실험을 하는 브랜드를 피하려고 한다. 내가 할 수 있는 최소한의 노력이다.

오늘도 햇살이의 초롱초롱한 눈을 보며 출근 준비를 한다. 화장대는 없어진 지 오래다. 단출한 나의 서랍장에는 몇 가지 화장품만 남았다. 나를 꾸민다는 이유로 토끼를 죽이는 일은 이제 하지 않을 것이다. 내 삶을 조금 변화시키는 것만으로 나는 햇살이의 속눈썹과 그리고 다른 토끼들의 삶을 지킬 수 있다.

잠을 깨우는
바스락 소리

토끼를 키우기 전에는 미처 몰랐다. 토끼가 하루 24시간 중에서 12시간을 어마어마한 양의 풀을 먹는 데 쓸 수 있다는 사실을 말이다. 내 상상 속 작고 귀여운 토끼는 한 줌도 되지 않는 풀을 입에 오물오물 물고 한참을 먹었다. 하지만 현실의 토끼는 저 멀리 풀 봉지가 휘날리는 소리에도 잠을 깨고 벌떡 일어나 뛰어온다. 그냥 뛰는 것이 아니라 '후다닥' 뛰쳐나온다.

그럼 나는 불과 한 시간 전에 풀을 준 것을 알고 있지만 또 못 이기는 척 풀을 양손 가득 집어 토끼 집에 놔준다. 흥분한 토끼는 그사이를 못 참고 두 뒷발만 땅에 붙인 후 앞발을 들고 어서 달라 보챈다. 몸통을 빳빳하게 세우고 앞발은 이리저리 움직인다. 풀을 그릇에 놔주기도 전에 빠르게 앞니로 낚아채서 씹기 시작한다. 이 정도 반응은 아무것도 아니다. 사료를 향한 반응은 한층 거세다. 내가 직접 맛을 보지 않아서 잘 모르겠지만, 토끼 사료는 풀보다 아마 열 배는 맛있는 것으로 추정한다. 반응이 열 배나 거세다.

매일 아침과 저녁, 햇살이에게 사료를 준다. 사료는 토끼에게 필요한 영양분을 모아놓은 건데, 매일 줘도 괜찮고 이틀에 한 번씩 줘도 괜찮다. 양은 종이컵 바닥이 보일락 말락 할 정도의 소량이면 된다. 어떤 수의사들은 토끼에게 사료를 주지 않아도 된다고 말하긴 하지만, 그래도 풀만 먹고 사는 건 왠지 토끼에게 너무 가혹한 일인 것만 같다. 랄라에게는 사료와 함께 과일 같은 특식도 줬지만, 햇살이에게는 과일을 거의 주지 않는다. 랄라는 노령 토끼가 되고 나서 치아 뿌리에 농양이 생겨 고생했다. 과일 때문이라고 들은 적은 없지만 과일에 당분이 많긴 하니, 혹시나 하는 마음에 자연스럽게 햇살이에게는 과일을 주지 않게 됐다.

그래서인지 햇살이는 사료를 참 좋아한다. 나는 텔레비전 옆 서랍에 사료통을 보관한다. 서랍을 여는 순간, 햇살이는 사료를 꺼내는 걸 귀신같이 알고 얼굴을 사료통으로 넣는다. 사료 한 개를 획득하고 나서는 바닥에 털썩 앉는다. 그러면 나는 그 앞에 사료를 열다섯 알쯤 내려놓는다. 신기하게 이렇게 사료를 먹고 나면 햇살이는 내 옆에 오지 않는다. 아무래도 내가 사료를 주는 기계 정도로 취급받았다는 생각을 지울 수 없다.

토끼의 먹성이 좋은 건 랄라나 햇살이의 이야기만은 아닌 것 같다. 유튜브에서는 토끼의 먹성을 이용해 토끼와 게임을 하는 영상을 쉽게 볼 수 있다. 장난감 안에 토끼들이 좋아하는 바나나, 사과 같은 과일을 숨겨두고 찾게 하는 것이다. 이빨로 장난감을 가볍게 들어올리는 난이도 낮은 게임으로 시작해 장난감을 옆으로 밀어야 하는 다음 난이도의 게임까지는 토끼들은 대부분 타고난 먹성으로 가뿐히 넘긴다.

또한 인스타그램 등을 가만 보면 토끼들이 무언가를 먹고 있는 사진이나 영상을 자주 볼 수 있다. 당연하다. 먹는 모습이 가장 귀엽기도 하고, 무엇보다 사진을 찍으려고 보면 항상 먹고 있다. 그러니 먹는 사진이 자연스레 많을 수밖에. 어떤 반려인은 "개나 고양이는 먹일 수 있는 게 참 많은데, 토끼는 줄 수 있는 게 없어서 슬프다"고 토로하기도 한다. 토끼가 먹는 풀이나 과일이 한정적이기 때문이다. 고민하던 반려인들은 해외 사이트들을 보며 토끼에게 먹일 수 있는 것들을 공부한다. 그렇게 찾아낸 것들이 씀바귀, 엉겅퀴 같은 산에서 나는

건초가 담긴 봉투 소리가 들리면 햇살이는 어디선가 바쁘게 뛰어온다. 어찌나 빠른지 가끔은 그 속도에 놀란다.

풀이다. 또 개 간식용으로 나온 말린 과일을 대체품으로 가끔 주기도 한다.

나는 요즘 미니 당근을 키우기 시작했다. 풍성한 당근 잎을 꼭 한번 햇살이에게 선물로 주고 싶다. 당근 잎을 실제로 본 적이 있는 사람이 얼마나 있을까? 나도 토끼를 키우기 전에는 보지 못했다. 마트에서는 줄기와 잎이 댕강 잘린 당근만 파니까. 뾰족뾰족한 당근 잎사귀는 섬유질이 풍부해서 토끼에게 좋은 간식이 될 수 있다고 한다. 미니 당근은 이제 사람 손가락 한 마디 정도만큼 자랐다. 아마 햇살이에게 주려면 족히 두 달은 더 기다려야 할 것 같다. 그래도 이 잎을 먹고 즐거워할 햇살이를 떠올리며 매일 화분에 물을 준다.

토끼에게도
운동이 필요해

랄라는 처음에 가로세로 1미터 정도 크기의 케이지에서 살았다. 가끔 밖에서 운동을 하게 해줬지만, 충분한 자유가 허용되지 않았던 랄라는 극도의 스트레스에 시달렸다. 넉넉할 거라 생각했던 작은 공간이, 랄라에게는 감옥이었다.

랄라를 괴롭게 한 후에야 나는 토끼에게도 넓은 공간이 필요하다는 사실을 깨달았다. 동시에 뛰어다닐 수 있는 공간이 꼭 있어야 한다는 사실도. 전문가들에 따르면 토끼에게 필요한 운동 공간은 한 평 정도다. 말이 한 평이지 넓으면 넓을수록 더 좋다. 대신 바깥으로 나갈 필요는 없다고 한다. 집 안에서 충분히 뛰어다닐 수만 있다면 토끼는 그만큼 행복을 느낀다.

랄라와 햇살이는 이제 한 방에서 공간을 공유한다. 처음 랄라 집이었던 핑크색 케이지는 이제 화장실 겸 밥통, 물통이 있는 곳이 됐다. 랄라를 키우면서 내가 찾은 공생의 방법이다. 어릴 때는 일정 시간 케이지에 두고 배변 훈련을 한다. 그리고 옆에는 밥통과 물통을 함께 두는데, 먹으면서 배변이 잦은 토끼의 습관을 생각한 배치다. 자연스럽게 랄라와 햇살이는 케이지에서만 배변 활동을 하게 됐다.

랄라와 햇살이가 화장실을 완벽하게 가리게 되면서 공간을 공유하는 일이 훨씬 수월해졌다. 한 토끼 반려인이 인스타그램 메시지를 보낸 적이 있다. "랄라와 햇살이는 방에 완전히 풀어놓고 키우는 건가요? 저희 집 토끼는 아무 데나 오줌을 싸고 사고를 쳐서 그럴 수가 없어요." 내가 해줄 수 있는 답은 '화장실 훈련을 시키라는 것'과 '사고를 쳐도 포기하라는 것'이었다. 배변 활동을 정해진 장소에서만 하면 좋겠지만 그러지 않는다고 해도 치우면 그만이다. 사고를 치면 사고를 치지 않게 예방하면 된다. 갇혀 있는 토끼의 우울함을 생각하면 이 정도는 충분히 감내할 수 있다. 다시는 내 토끼가 스트레스에 자신의 털을 뽑는 일을 보고 싶지 않다.

토끼를 가두지 않는 것만큼 중요한 것이 '운동'이다. 토끼에게는 하루 세 시간 정도의 운동이 보장되어야 한다. 그냥 풀

어두는 것과 운동은 또 다르다. 토끼는 보통 하루 종일 먹고 자는 것이 일상이다. 공간 전부를 쓰지 않고 자신이 좋아하는 장소에만 몇 시간이고 가만히 앉아 있는다. 먹고 자기만 하면 사람도 살이 찌는데 토끼도 마찬가지다. 비만이 될 수도 있고 다른 토끼도 사귈 수 없을 정도로 공격적으로 변할 수도 있다. 나는 랄라와 햇살이를 세 시간 정도 운동시키고 한 시간 정도는 교감하는 시간을 가졌다.

운동 방법에는 여러 가지가 있는데, 유튜브를 보면 쉽게 감을 잡을 수 있다. 같이 뛰어주기도 하고, 공을 굴려주기도 한다. 두루마리 휴지심 안에 사료를 넣고 접어주는 간단한 방법도 있다. 토끼가 사료를 꺼내려고 안간힘을 쓰면서 이리저리 휴지심을 굴리는데 이때 운동이 된다. 또 고양이용 장난감 터널도 토끼들이 좋아한다.

랄라와 햇살이는 취향이 완전히 달랐다. 랄라는 햇살이에 비해 식탐이 많은 편이 아니라, 이불이나 인형으로 놀아주는 것을 좋아했다. 바스락거리는 이불이나 인형을 눈앞에 대고 흔들어주면 으르렁거리며 앞발로 사정없이 공격했다. 또 침대를 운동장 삼아 뛰어다니는 것도 좋아했다. 이른바 '우다다 놀이'다. 내가 침대 끝에서 침대 끝으로 재빠르게 움직이면, 랄라는 놓치지 않고 그 움직임을 따라왔다. 랄라는 이 놀이를 가장 좋아했다. 먹성 좋은 햇살이는 사료나 간식만 주어진다면 운동에 적극 참여했다. 사료를 손에 들고 뛰거나, 사료를 넣은 공을 굴려주면 시간도 잊은 채 뛰었다. 햇살이는 간식을 위해서라면 '돌아' 등 개인기도 선보일 수 있는 토끼다.

토끼마다 운동 방법은 조금씩 다를 수 있다. 분명한 사실은 랄라와 햇살이 모두 운동을 좋아한다는 것이다. 강아지에게 산책을 시키고 고양이에게 장난감으로 놀아주듯, 토끼에게도 운동과 놀이가 필요하다. 토끼는 그저 가만히 있는 귀여운 인형이 아니다.

햇살이의 사람 친구

공원에서 태어난 햇살이는 한 달 정도를 자기보다 어린 아기 토끼들과 철제 케이지에 갇혀 지냈다. 나와 만난 후로는 연남동을 거쳐 응암동으로 집을 옮겼다. 햇살이가 바라본 세상은 그리 넓지 않다. 집에서도 내 방을 떠나 노는 일조차 별로 없다. 햇살이가 함께하는 대상도 한정적이다. 나, 남동생, 랄라 그리고 며칠 함께했던 엄마가 전부다.

그런 햇살이에게 여섯 살 언니가 생겼다. 토끼도 아니고 무려 '사람' 친구다. 아이가 있는 직장 선배들은 아이의 사진을 보여주고, 토끼가 있는 나는 시도 때도 없이 햇살이의 귀여움을 자랑한다. 단발머리에 눈과 입이 함께 웃는 상냥한 선배는 햇살이를 보며 항상 "귀엽다"고 박수를 친다. 내가 내미는 햇살이 사진도 한참을 바라봐준다. 이 선배에게는 하윤이라는 이름의 딸이 있다. 선배처럼 웃는 얼굴이 아주 귀여운 아이다. 하윤이가 햇살이의 사진을 보게 됐고, 그때부터 둘의 인연이 이어졌다. 햇살이를 한번쯤은 꼭 하윤이에게 보여주겠다는 약속과 함께 말이다.

하윤이는 선배에게 "햇살이가 놀러 오는 날까지 몇 밤을 더 기다려야 해요?" 하고 때때로 물었다. 선배는 조심스럽게 "하윤이가 햇살이를 기다린다"고 말했다. 사실 걱정이 되는 부분이 있었다. 내 눈에는 사랑스러운 토끼지만, 하윤이가 얼룩덜룩한 햇살이의 무늬를 보고 싫어하지는 않을지, 아니면 햇살이가 상상보다 너무 크다고 무서워하지는 않을지, 아이와 토끼 모두에게 상처를 주게 되는 건 아닐지.

하윤이와 햇살이가 만날 날짜를 잡고도 한참을 고민했다. 일단은 체크무늬가 화려한 원피스를 햇살이에게 사줬다. 햇살이 얼굴색과 딱 맞는 갈색 체크무늬 원피스였다. 여기에 밖에 나가서도 당황하지 말라고 햇살이에게 하윤이와 있을 만남을 설명했다. 햇살이가 알아들었는지는 모르겠지만, 그렇게라도 준비를 해야 했다.

10월의 토요일 오전 10시. 햇살이는 하윤이를 만났다. 파란색 잠옷을 입고 마중 나온 여섯 살 언니는 햇살이를 조심스

하윤이가 고사리 같은 손으로 햇살이에게 사과와 당근을 건넸다. 무심한 햇살이는 간식은 먹는 둥 마는 둥. 얼굴을 치장하느라 바빴다.

럽게 쳐다봤다. 엄마 뒤에 숨어 햇살이를 바라보더니 천천히 눈을 맞췄다. 햇살이는 낯선 집이 무서운지 몸을 바닥에 딱 붙였다. 하윤이도 햇살이처럼 몸을 바닥에 딱 붙이고 다시 바라봤다. 거실에서 햇살이와 하윤이의 '친구 만들기'가 시작됐다. 햇살이를 위해 준비된 달콤한 사과와 당근도 함께했다. 먼저 용기를 낸 건 하윤이다. 당근을 손에 쥐고 햇살이에게 주니 햇살이가 준비됐다는 듯 살짝 물었다. 그러곤 이어지는 사과 공격에 햇살이는 마음을 열고 말았다. 엄마 등 뒤에 숨어 있던 하윤이는 점점 햇살이 옆으로 갔고, 내 옆에 있던 햇살이도 점점 하윤이 옆으로 다가갔다.

폴짝폴짝 뛰기 시작한 햇살이를 데리고 하윤이는 자신이 제일 좋아하는 공간으로 데려갔다. 장난감으로 가득 찬 자신의 방에서 햇살이의 머리를 부드럽게 쓰다듬어줬다. 햇살이는 졸린 듯 눈을 감았다. 그러자 하윤이는 무언가를 찾기 시작했다. 작은 이불을 가져다주더니 "햇살이는 아기니까 내가 아기 때 덮던 소중한 이불을 덮어줘야지"라고 말했다. 그러곤 햇살이 몸에 조심스럽게 이불을 덮어줬다. 햇살이는 한참을 이불을 덮고 누워 있었다. 하윤이는 그런 햇살이가 귀엽다는 듯 한참을 또 바라봤다.

하윤이는 햇살이에게 푹 빠졌다. 햇살이가 가는 곳이면 졸졸 따라갔고, 햇살이는 그런 하윤이가 좋은지 경계심 없이 다가갔다. 둘은 함께 누워도 있다가 거실에서 방까지 오고 가며 시간을 보냈다. 햇살이가 떠날 시간이 다가오자 하윤이는 선물을 건넸다. 핑크색 포장지에 담긴 비타민이었다. 하윤이가 아무에게나 주는 것이 아니라고 했다. 그러곤 "이모, 이 비타민, 햇살이 집에 꼭 붙여주세요. 토끼 그림과 함께요"라고 신신당부를 했다.

하윤이는 햇살이와 내가 떠나는 모습을 바라보며 연신 아쉬운 눈길을 보냈다. 엉뚱한 햇살이는 집 밖을 나서고 하윤이와 인사를 끝낸 뒤 난데없이 볼일을 봤다. 어이가 없어 나는 웃고 말았다. 언니 앞에서 이런 모습을 보여주고 싶지는 않았나보다. 집에 돌아와 곧장 하윤이 말처럼 비타민 포장지 위에 햇살이 얼굴과 이름을 새겨 햇살이 집에 걸어두었다. 그러곤 인증 사진까지 전송했다. 이제 하윤이는 햇살이와 공원에서 만날 날을 손꼽아 기다리고 있다. 공원에서 "햇살아" 하고 부르며 함께 놀고 싶다고 한다. 햇살이는 언니가 기다리는 걸 아는지 모르는지 태평하다. 그래도 아마 속으로는 새로 생긴 친구를 기다리고 있지 않을까?

햇살이 집에 하윤이가 준 비타민을 집게로 걸고 인증 사진을 찍었다. 하윤이가 이 사진을 보며 많이 좋아했다는 사실은 나중에 들었다.

혼자가 싫어요

어떤 날은 열 시간이 넘게 회사에 있을 때도 있다. 세상 돌아가는 뉴스에 화를 내기도 했다가 때론 기뻐하기도 한다. 그게 내가 하는 일이다. 이런 내게 요즘 비밀스런 취미가 생겼다. 화가 치솟으면 휴대전화를 꺼내 들고 손가락으로 어플 하나를 꾹 누른다. 화면에는 햇살이가 내가 상상하지 못한 표정으로 불쑥 나타난다. 어떤 날은 찐빵처럼 푹 퍼진 얼굴로 방석에 기대 누워 잠을 자고 있다. 또 어떤 날은 좋아하는 풀을 양볼에 가득 넣고 오물오물 씹고 있다. 화면에 햇살이의 얼굴이 가득 차는 순간 내 안에 있던 화도 전부 사라진다.

요즘 반려동물을 키우는 사람들 사이에서 인기라는 '홈캠'을 알게 됐다. 쉽게 말해 가정용 CCTV다. 집 어디든 설치할 수 있고 와이파이만 있으면 밖에 나가서도 언제든 반려동물을 살필 수 있다. 가격은 천차만별이지만 요즘에는 홈캠이 많이 알려져 단돈 3만 원만 지불해도 품질 좋은 제품을 살 수 있다. 친구들의 조언에 따라, 나는 중국 브랜드의 제품을 구매했다. 가격도 저렴했고 무엇보다 군더더기 없는 하얀색 디자인이 마음에 들었다. 세 평이 되지 않는 작은 내 방에 홈캠 두 개를 설치했다.

홈캠을 사용하면 멀리 떨어져 있어도 대화를 할 수 있는데 나는 주로 "햇살아"라고 이름을 부른다. 그러면 소리가 홈캠을 통해 방으로 울려퍼진다. 햇살이는 자다가도 이름을 부르는 소리만 들리면 귀를 쫑긋 세우고 소리 나는 쪽을 쳐다본다. 홈캠을 설치하고 나는 처음으로 토끼의 외로움을 알게 됐다. 오후 6시가 되면 햇살이가 어김없이 향하는 자리가 있다. 방문 앞이다. 햇살이는 방문 앞에 가만히 앉아 현관문 쪽으로 얼굴을 돌린다. 저금통 자세를 하고 밖에서 나는 소리에 귀를 기울인다. 조금이라도 현관문 쪽에서 소리가 나면 몸을 벌떡 일으키고 현관문 앞으로 쪼르르 향한다.

해 질 녘부터 홈캠을 통해 보는 화면이 깜깜해질 때까지 햇살이는 움직이지 않는다. 나는 햇살이의 행동을 보기 전에는 토끼가 외출한 사람을 기다릴 정도로 외로움을 탈 것이라고는 생각하지 않았다. 토끼를 처음 키워보는 다른 사람들도

홈캠 화면으로 본 햇살이는 보통 방석 위에 있었다. 나와 함께 있을 땐 안 보이던 모습을 발견할 때도 있다.

대개 나와 비슷한 생각을 한다. 일단 토끼는 사회성이 없다고 믿는 사람이 많다. 지능이 매우 낮다고 생각하는 사람들도 있다. 대부분은 토끼의 외로움을 미처 헤아리지 못한다.

사람과 살을 비비고 삶을 함께하는 토끼들은 혼자 있는 것을 끔찍하게 싫어한다. 햇살이가 현관문 앞에서 나와 가족들을 기다리는 것도 마찬가지 이유다. 현관문이 열리는 순간 햇살이는 온몸으로 반갑다고 표현한다. 방 끝과 끝을 달리며 뛰기도 하고 기쁨을 주체하지 못해 크게 한 바퀴 몸을 돌리며 재주를 보여주기도 한다. 여행을 떠나는 날이나 여행을 마치고 집에 돌아오는 날은 난리가 난다. 불만의 표현으로 평소 부리지 않던 말썽을 잔뜩 부려놓는다. 풀을 방 여기저기에 물어놓는 것은 기본이고 입에 닿는 모든 것을 물어뜯기도 한다. 토끼에게 외로움은 소중했던 많은 것들을 두 앞니로 물어뜯어 버릴 만큼 견디기 힘든 것일지도 모른다.

토끼의 외로움을 달래주는 방법은 간단하다. 그저 곁에 있어주는 것이다. 함께 있어주지 못한다면 곁에 있어줄 다른 대상이 필요하다. 나는 다행스럽게도 나만큼이나 햇살이를 사랑하는 남동생과 함께 산다. 내가 회사를 간 시간에는 동생이 있고, 동생이 없을 때는 내가 있다. 둘 중 한 명이라도 집에 들어오지 못하는 날이 생기지 않게 암묵적으로 약속을 한다. "이번 주말에는 내가 집에 있을게. 약속이 있으면 다녀와." 주말이 되기 전 나누는 대화다. 혼자 살지 않는 것이 다행이라고 생각하는 순간이다. 짧은 삶을 사는 햇살이에게 외로움이라는 기억을 조금만 남겨줄 수 있으니까 말이다.

랄라도 햇살이처럼 외로움을 많이 탔다. 내가 여행이라도 떠나는 날이면 종일 자기 집에 들어가 나오지 않았다. 내가 조금 더 빨리 홈캠의 존재를 알았더라면, 랄라가 혼자 웅츠려 있는 동안 "랄라야, 엄마 곧 갈게"라며 위로할 수 있었을 텐데. 랄라는 잦은 수술을 견디지 못하고 토끼별로 떠났다. 가끔 랄라가 있는 토끼별에 이 홈캠을 달 수 있었으면 좋겠다고 상상한다. 신나게 뛰어노는 랄라의 모습도 보고 싶고, 어떤 토끼 친구와 가장 친하게 지내는지도 궁금하다. 홈캠 속 햇살이를 볼 때면, 토끼별 너머의 랄라가 더 많이 생각난다.

햇살이는 좋아하는 음식을 주면 입꼬리를 살짝 올려 웃는 듯한 표정을 짓는다.

너에게는
풀 내음이 나

자기 전 한참 동안 휴대전화를 보는 습관이 있다. 딱히 무언가를 하는 것은 아니다. 그저 세상 돌아가는 소식을 보면서 하루 중 유일하게 머릿속을 비우는 시간이다. 내가 멍하게 휴대전화를 들여다보는 동안, 햇살이는 미동도 없이 조용하다. 침대 한쪽 구석에 앉아 나처럼 혼자만의 시간을 즐기는 것 같다.

불이 꺼진 방 안에서 한참 화면을 들여다보고 있을 때, 나를 깜짝 놀라게 하는 움직임이 포착된다. 폴짝, 침대로 뛰어든 햇살이는 내 얼굴 코앞까지 다가와 나를 쳐다본다. 그러곤 하트 모양 코를 벌름거리며 초롱초롱한 눈으로 나에게 돌진한다.

나는 휴대전화를 침대 구석에 내려놓는다. 그러곤 햇살이 이마에 코를 들이댄다. '킁킁' 햇살이 이마에서는 풀 내음이 난다. 햇살이가 항상 먹는 티모시 냄새 같기도 하고 지난 여름 찾았던 태국 치앙마이에서 맡았던 향 같기도 하다. 치앙마이 중심에서 조금만 벗어나면 요리를 잘하는 톰 아저씨의 집이 나타난다. 나무로 만든 집 두 채와 함께 레몬그라스부터 온갖 허브들이 즐비한 작은 밭이 있다. 허브들은 각자 공기와 어울려 그곳만의 냄새를 만들어냈다. 햇살이에게도 그런 향이 난다.

랄라에게서 나던 향과는 조금 다르다. 랄라에게는 섬유 유연제처럼 포근한 냄새가 많이 났다. 또 랄라는 햇살이처럼 돌진하기보다는 내 옆에 누워 있기를 좋아했던 토끼다. 가만히 누워 있는 랄라에게 다가가 '킁킁' 얼굴을 파묻으면 향긋한 냄새가 나곤 했다. 세상의 모든 근심도 시름도 잊히는 그런 향이었다. 나는 그 순간이 참 좋았다.

정확히 밝혀지지는 않았지만 어떤 음식을 먹느냐에 따라 토끼에게서 나는 냄새가 달라진다고 한다. 풀을 유독 좋아하고 간식을 잘 먹지 않는 햇살이에게 풀 내음이 나는 것은 어쩌면 당연한 일일지도 모르겠다. 반대로 사과와 딸기를 좋아하던 랄라는 자연스럽게 달콤하면서 포근한 냄새를 풍겼을 것이다.

내게 행복을 주는 것이 또 있다면 토끼 털의 부드러움이다. '토끼를 키울 때 어떤 순간이 가장 좋냐'고 누군가 묻는다면 나는 망설임 없이 '토끼 이마에 코를 가져다대는 순간'이라고 답할 것이다. 가만히 토끼 이마에 손을 가져다 댄다. 그러면 토끼는 나에게 자신의 몸을 온전히 맡긴다. 부드럽게 토끼를 쓰다듬는다. 손끝에 폭신하면서도 스르륵 미끄러지는 듯한 촉감이 느껴진다. 그다음에는 토끼 이마에 코를 가져다댄다. 부드러움과 동시에 풀 내음이 느껴진다. 토끼는 또 눈을 스르륵 감고 잠이 든다. 나도 그 옆에서 눈을 감는다.

햇살이는 이제 랄라 언니보다 몸집이 커졌다. 햇살이는 랄라 품에 자주 파고 들었는데, 나이가 든 랄라는 귀찮아했던 것 같다.

3장

안녕, 나의 토끼

나이 든 토끼와 산다는 것

정수리에 흰 머리가 났다. 미용실에 갔더니 미용사가 "여기 흰머리가 있어요"라고 요란스럽게 말했다. 나는 침착하게 "괜찮아요. 뽑아주세요"라고 답했다. 말로는 그랬지만, 사실 괜찮지 않았다. 그 뒤로 정기적으로 정수리를 거울로 관찰하기 시작했다. 흰 머리는 꿋꿋하게 나고 또 났다.

아마 랄라에게 이 이야기를 하면 이런 반응이 돌아오겠지. "엄마, 내가 엄마보다 나이 많거든. 엄마는 이제 고작 서른 살 넘었잖아. 난 이제 오십대야." 얼굴만 보면 나이를 가늠할 수도 없는 랄라가 어느새 중년의 토끼가 됐다. 반려동물이 나보다 먼저 늙는다는 것은 생각보다 감당하기 어려운 일이다. 매 순간 이별을 생각하게 된다. 또 변하는 행동을 보고 눈물짓는 일도 생긴다.

랄라는 여러 번 수술을 하면서 다른 토끼들보다 조금 더 빨리 늙어갔다. 사람은 나이가 들면서 치매에 걸리기도 한다. 우리 외할머니가 그랬다. 수산시장에서 일했던 외할머니는 거리에 앉아 생선을 팔았다. 어찌나 넉살이 좋은지, 그 일대에서 유명한 장사꾼이었다고 한다. 총기 넘치던 외할머니에게 치매가 찾아왔다. 가족들은 외할머니가 집을 나가 길을 잃을까봐 문고리를 굳게 잠갔다. 문이 잠길수록 외할머니는 점점 더 기억을 잃어갔다.

랄라도 비슷했다. 잘하던 것들을 자꾸 잊어갔다. 어느 날은 방으로 뛰어 들어오더니 침대를 향해 폴짝 뛰었다. 그런데 침대에는 올라오지 못하고, 침대 프레임에 머리를 박고 튕겨져 나갔다. 그 뒤로 침대 옆에 계단을 놓았다. 또, 여기저기에 오줌을 싸기 시작했다. 모르고 밟았다가 양말을 버리기 일쑤였다. 랄라의 머리를 부드럽게 쓰다듬는다. "랄라야, 엄마보다 왜 빨리 늙고 그래? 왜 자꾸 뭘 까먹는 거야?" 랄라는 아무것도 모르겠다는 눈치다.

랄라 성격으로 말할 것 같으면, 더럽다. 어찌나 성격이 더러운지 원하는 것을 얻지 못하면 나를 콱 물어버릴 때도 있었다. 간식을 주지 않았다고 그 큰 앞니로 물어서 손등에 토끼

집을 스튜디오 삼아, 하얀 커튼을 배경으로 랄라와 둘만의 사진을 찍었다. 열 번의 촬영으로 랄라의 아름다운 눈이 담긴 사진을 얻을 수 있었다.

이빨 자국이 났다. 다른 토끼들처럼 잘 안기지도 않았다. 한번 안아보려고 하면 뒷발을 거세게 흔들며 반항했다. 손에 랄라 발톱 자국이 가득했다. 토끼들은 보통 공격 자세를 취할 때 앞발을 쭉 펼친다. 랄라에게는 일상과도 같은 기본 동작이었다. 그랬던 랄라가 이제 변했다. "랄라야, 한번 안아보자"라고 말하면 멀리서도 다가온다.

나이 든 토끼는 다시 아기가 된다. 어리광도 부쩍 는다. 나는 랄라를 부드럽게 들어올려 아기를 안듯이 감싼다. 랄라는 가만히 나를 느낀다. 슬프기도 하지만 꽤 괜찮은 구석도 있다. 랄라가 내 품을 온전히 느끼게 됐으니 말이다. 랄라는 나이가 들면서 보여주지 않았던 모습을 하나하나 보여줬다. 그 모습이 가끔은 낯설어서 슬프고 가끔은 귀여워서 웃었다.

마음의 준비가 필요할 때

깊은 밤이었다. 어디선가 "끽-끽-" 소리가 들렸다. 생전 처음 들어보는 불쾌하고 낯선 소리였다. 굳이 비슷한 소리를 찾아본다면 오래된 철창문을 열 때 나는 소름 돋는 소리와 비슷했다. 나는 잠결에 들은 이 소리를 대수롭지 않게 여겼다. 그저 어디선가 이상한 소리가 난다고만 생각했다.

손으로 랄라 얼굴을 매일 만진다. 랄라는 어릴 때부터 손으로 이마와 볼을 거칠게 만져주는 것을 좋아했다. 가만히 부드러운 털을 만져주면 눈을 스르륵 감는다. 랄라는 온기를 나누는 것을 좋아하는 토끼였다. "랄라야, 토끼는 경계심이 많다고 하는데 너는 왜 만져주면 눈을 감는 거야?" 랄라는 물론 아무런 대답도 없다. 대신 머리를 손바닥 쪽으로 쓱 밀어넣는다. 마치 "조용히 하고 더 쓰다듬어줘"라고 말하는 것만 같았다.

랄라의 오른쪽 턱과 볼 사이에서 작은 멍울이 만져졌다. 이상한 소리에 잠을 설치던 때였다. 토끼 엄마는 이게 뭔지 미처 몰랐다. 멍울이 딱딱한 돌덩이가 된 후에야 '농양'이라는 걸 알게 됐다. 치아 아래에 염증이 생긴 거라고 했다. 엑스레이를 찍어보니 랄라 턱뼈는 농양에 녹아 모양이 변해 있었다. 이제 부드러운 토끼 턱은 없었다. 농양에 녹아버린 턱뼈는 그 형태가 처참했다.

수의사는 나에게 마음을 준비를 하는 것이 좋겠다고 담담하게 말했다. 꽤나 현실적인 진단이었다. 약 처방과 함께 수술 날짜를 일주일 뒤로 잡고 집으로 돌아왔다. 믿기지 않았다. 믿기지가 않았기 때문에 눈물을 흘리는 데도 시간이 걸렸다. 눈물이 쏟아지기 시작한 건 집에 오고도 한참이 지나서였다. 그때부터 나는 마음 한편에 눈물샘을 마련했다. 내 가족, 랄라와의 이별을 준비해야 했다.

마음의 준비. 도대체 어떤 마음의 준비일까? 한 번도 랄라가 아플 것이라고 생각한 적이 없었다. 항상 옆에 있을 것 같던 랄라였다. 한동안 '마음의 준비'라는 단어가 마음속에 둥둥 떠다녔고, 그때마다 나는 눈물을 흘렸다.

존재만으로도 든든한 수호천사 랄라. 랄라는 항상 내 옆에 누워 함께 잠을 청했다.

랄라는 태연하게 밥도 먹고 놀기도 잘 노는데 약한 엄마는 혼자 울었다. 마음의 준비라는 것이 이런 걸 뜻하는 것이었나보다. 랄라를 키우는 법도, 떠나보내는 법도 아무도 알려주지 않았다. 스스로 배워야 했다. 며칠을 눈이 퉁퉁 부을 정도로 눈물을 흘린 후 내가 내린 결론은 간단했다. '랄라가 떠나는 날까지 내가 해줄 수 있는 모든 것을 해주자. 그래야 랄라가 내가 자신을 포기하지 않았다는 것을 알게 될 거야.'

그렇게 랄라와 나의 지루한 싸움이 시작됐다. 랄라는 다시 수술대에 올라야 했다. 중성화 수술을 결정하는 데도 5년이 넘게 걸렸는데, 농양 수술은 중성화 수술보다 몇 배는 더 어려운 수술이라고 했다. 한 번도 힘들다는 호흡 마취를 랄라는 열 번이 넘게 했다. 마취 후에는 날카로운 칼로 농양을 긁어내는 수술을 받았다. 랄라는 나보다 씩씩하게 싸웠다. 작은 귀에 링거가 달렸다. 수술을 마친 후 처음 마주한 랄라 얼굴은 마치 어릴 때 봤던 작고 여린 아기 토끼 같았다.

랄라 첫 수술비는 60만 원이 넘게 나왔다. 수술비는 사실 큰 문제가 아니었다. 랄라가 내 곁에 조금이라도 더 있어준다면 그걸로 충분하다고 생각했다. 다행히 씩씩한 랄라는 잘 버텼다. 나에게 "엄마, 나 더 살 수 있어요"라고 눈빛으로 말했다.

조금 더
함께 있고 싶어

농양이 발병한 후, 랄라는 한 달에 두 번 이상 수술대 위에 올랐다. 수술은 얼핏 들으면 간단하다. 마취 후 농양을 긁어서 제거한다. 때로는 '항생제 비즈'라고 불리는 치료용 항생제를 곳곳에 넣고 봉합한다. 랄라는 잘 견뎠다. 매일 두 번 먹는 약도 씩씩하게 받아 먹었다. 풀을 입에 넣어주면 입을 오물거리며 맛있게 먹었다. 그런 랄라를 보며 내 동생은 "랄라는 아직 더 견딜 수 있을 것 같아. 이렇게 살고 싶어하잖아"라고 나를 위로했다.

수술을 다섯 번쯤 했을 때였다. 농양 때문에 모양이 뒤틀리고 얇아질 대로 얇아진 랄라의 오른쪽 턱뼈가 산산조각이 났다. 나도 같이 무너졌다. 산산조각 난 턱뼈에는 지독한 농양이 떨어지지도 않고 군데군데 엉겨붙어 있었다.

병원에서 랄라는 불안한 듯 나를 향해 고개를 자주 들이밀었다. 수의사의 목소리와 발걸음까지, 랄라는 병원의 모든 것을 무서워했다.

턱뼈가 부러진 건 버티고 있던 나에게도 충격적인 일이었다. 내 마음도 뚝 부러진 것만 같았다. 수술을 해서 농양을 제거하고 부러진 턱뼈도 조금 꺼냈다. 하지만 여전히 랄라 오른쪽 얼굴에는 턱뼈 조각들이 가득했다. 수술 직후 랄라 오른쪽 얼굴은 살이 두 배는 찐 것처럼 퉁퉁 부어 있었다. 턱만 부었으면 다행인데, 입 안쪽과 혀까지 부어버렸다. 그런 랄라를 보면서 내가 할 수 있는 것은 약을 먹이고 병원을 데려가는 일뿐이었다.

랄라는 주로 턱 아래로 농양이 계속 생겼다. 이 농양이 더 생기면 경우에 따라 눈을 적출해야 하는 상황이 올 수도 있었다. 농양이 쉴 새 없이 생기면서 눈을 밀어내기 때문이다. 랄라의 병이 심해질수록 내 고민도 함께 깊어졌다. 내 욕심 때문에 랄라를 수술시키는 건 아닐까? 그래도 나는 치료를 포기할 수 없었다. 그대로 두면 농양이 랄라를 덮칠 것을 알고 있었다.

똑똑한 랄라는 그때부터 내 옆에 더 찰싹 붙어 있기 시작했다. 이유 없이 침대에 폴짝 올라와 자신의 엉덩이를 내 팔에 붙였다. 가끔은 자다가 숨이 쉬어지지 않아 일어나보면 랄라 엉덩이에 얼굴이 파묻혀 있었던 적도 있다. 오줌 냄새가 진하게 묻어 있는 엉덩이인데, 괜찮다고 생각했나보다.

랄라는 턱뼈가 부러진 후에도 잘 먹었다. 좋아하던 풀들은 거부했지만, 대신 사료는 잘 먹었다. 손으로 줘도 잘 먹고, 그릇에 가득 담아줘도 입을 오물거리며 먹었다. 동생은 말로는 "참 탐욕스럽게 먹네"라고 해도 기특하다는 듯이 쳐다봤다.

대신 화장실을 잘 가리던 토끼는 이제 없다. 랄라는 어디서든 잘 싸는 토끼가 됐다. 수술을 받는 횟수가 늘수록 화장실 가기를 귀찮아했다. 오줌도 아무 곳에나 싸고 똥도 마음대로 뿌려두었다. 이삭 줍는 여인처럼 나는 토끼똥 줍는 여인이 되어버렸다. 정확히 세보지는 않았지만 토끼는 1분에 열 개가 넘는 똥을 생산하는 것 같다. 동글동글한데 손으로 만져도 뭐가 묻어나지는 않는다. 그래도 느낌이 썩 좋은 건 아니다. 랄라는 그런 걸 아는지 모르는지 언제나 귀여운 얼굴로 나를 천연덕스럽게 쳐다봤다.

랄라의 얼굴을 보고 있자면, 랄라에 대한 내 걱정이 모두 쓸데없었다는 생각이 들었다. 랄라의 죽음은 내 마음대로 결정할 수 있는 것이 아니었다. 내가 보는 랄라는 살고 싶어했다. 내가 주는 약을 받아 먹고 매일 밤 내 옆에 와서 잠을 청

한다. 잠꼬대가 심한 내 옆에 붙어 가끔은 발에 치이기도 한다. 그러면 부스스한 얼굴로 '왜 내 잠을 깨우냐'며 째려본다.

나는 랄라와 조금 더 함께 있고 싶었다. 턱뼈가 부서졌다고 해서, 몸이 아프다고 해서 랄라가 변한 것은 없었다. 랄라는 좀더 강해졌다. 약한 엄마를 매일 달래고 있었으니 말이다.

가만히 듣는 너의 숨소리

평온한 휴일에는 가만히 랄라 옆에 누워 얼굴을 바라보았다. 햇살이가 오고도 마찬가지였다. 가끔은 둘을 동시에 바라보기도 하고, 또 가끔은 랄라를 더 오래 쳐다보기도 했다. 토끼에게는 귀와 속눈썹에 버금가는 매력포인트가 하나 있는데, 바로 쉴 새 없이 위아래로 움직이는 코다. 토끼 코는 촉촉한데 코끝에는 귀여운 점처럼 생긴 '촉수'가 달려 있다. 숨을 코로 쉬어서 그런지 들썩이며 움직이는 코를 보고 있으면 귀여워서 어쩌지를 못하겠다.

한번은 1분 동안 랄라의 코만 촬영해 몇 번이나 움직이는지 세본 적도 있다. 빠른 동작만큼이나 토끼는 호흡도 상상을 초월할 만큼 빠르다. 1959년 미국생리학회가 펴낸 호흡 관련 보고서에 따르면, 토끼는 개나 고양이보다 훨씬 빨리 호흡한다. 분당 30~60번 정도 호흡하면 정상으로 간주한다. 신기한 것이 코로만 호흡하고 코가 막히면 그때 입으로 숨을 쉰다고 한다. 하지만 그마저도 오래 견딜 수 없기 때문에 토끼는 사실상 코로 호흡하는 동물이라고 볼 수 있다.

이 사실을 몰랐던 나는 처음에는 랄라가 빠르게 숨을 쉬는 것을 보고 어디가 아픈 건 아닌지 걱정했다. 동물병원에 전화를 걸어 증상을 상의한 적도 있다. "토끼가 숨을 거칠게 쉬는 것 같아요. 어디 아픈 거 아닌가요?" 수의사는 익숙하다는 듯 토끼가 숨을 빠르게 쉬는 건 당연한 모습이라고 설명했다. 많은 토끼 반려인들이 나와 같은 걱정을 했었나보다. 모든 것을 인간의 기준에서 생각해서 그렇다.

토끼는 개, 고양이는 물론 인간보다도 빨리 호흡한다. 특히 누워 있을 때 더 빨리 호흡한다고 한다. 말을 하지 않고 조용히 귀를 기울이면 토끼의 숨소리를 들을 수 있을 정도다. 토끼의 숨소리는 인간이 내는 숨소리와는 결이 다르다. '씩씩'보다는 '흡흡' 쪽에 가깝다. 숨을 빠르게 들이켜고 마시는 것처럼 느껴진다. 머리는 앞뒤로 흔들고 뽀얀 배를 들썩이는데, 쉴 새 없이 움직이는 코는 박자를 맞추는 것 같다.

토끼는 사소한 소리에도 깜짝깜짝 놀란다. 본능이라고 한다. 세탁기 소리에도 놀라고, 드라마에서 악역을 맡은 주인공이 '꽥' 하고 소리 질러도 놀란다. 눈은 그야말로 놀란 토끼 눈이 되고 숨소리까지 거칠어진다. 또 토끼는 워낙 뛰는 것을 좋아해 여기저기를 깡충깡충 뛰다가 지치면 어느새 구석으로 가서 발을 뻗고 털썩 누워버린다. 그러곤 또 코를 벌름거리며 숨을 쉰다. 어찌나 격동적인지 볼 때마다 나는 그 모습이 익숙지 않아 또 놀라버린다. 정상적인 모습이라는 것을 알면서도 아마 쭉 놀라는 일이 반복될 것이란 예감이 든다.

그래도 장점이 있다면 랄라와 햇살이의 숨소리를 듣고 있으면 건강 상태를 바로 알 수 있다는 것이다. 아픔을 잘 표현하지 않는 토끼들의 건강을 파악할 때 숨소리는 아주 유용하다. 분당 30회도 되지 않게 코로 숨을 쉬거나 '히' 하고 소리를 낸다면, 또 머리를 갑자기 한쪽으로 기울이는 행동을 한다면 바로 병원에 가봐야 한다. 폐렴이나 바이러스성 질환에 걸릴 경우 이런 증상들이 나타날 수 있다고 한다. 또 코골이도 토끼에게는 부정적인 신호다. 코 부위 어딘가가 막혔거나 아플 때 코골이가 시작된다.

랄라가 아픈 후 나는 시간이 날 때면 랄라 옆에 가만히 누워 숨소리를 들었다. 병원에 다녀온 날 랄라는 씩씩거리며 거칠게 숨을 쉬었다. 좋아하는 딸기를 먹을 때는 소리 없이 그저 코만 움직이며 나를 쳐다봤다.

어린 햇살이는 신나서 뛸 때 랄라보다도 거친 숨소리를 들려준다. 햇살이는 나와 체온을 나누는 것이 좋은지 밤이면 내 옆에 와서 만져달라 신호를 보낸다. 두 발을 내 가슴 쪽에 올리는 것이다. 내가 머리를 만져주기 시작하면 햇살이는 눈을 서서히 감는다. 이때는 평소보다 숨을 조금 느리게 쉰다. 평온함을 이렇게 표현하나보다.

랄라, 햇살이와 함께하면서 여러 종류의 토끼 숨소리를 들었다. 가만히 떠올린다. 내가 어떤 숨소리를 가장 좋아했는지. 나른한 토요일. 햇살이 비추는 오후 한 시쯤. 신나게 놀고 있던 토끼들이 발라당 누우면 옆에 다가가서 들었던 숨소리가 어쩐지 마음을 가장 찡하게 했다.

너는
혼자가 아니야

내가 사랑하는 랄라 몸에 조금씩 병이 번져간다. 처음에는 오른쪽 턱이 눈에 띄게 부풀었다. 그다음에는 하얀 눈물이 쉴 새 없이 흘렀다. 눈물이 멈추는가 싶더니 다시 오른쪽 턱에 농양이 생겼다. 여러 번의 수술을 거쳐 농양을 짜냈다. 수술을 하면서 오른쪽 턱의 풍성한 털은 전부 사라졌다. 노란 콧물을 흘리기 시작했다. 입에는 침이 질질 흐른다. 입에서는 한 번도 맡아보지 못했던 냄새가 나기 시작했다. 제대로 먹지 못해 이빨은 뾰족뾰족해졌다. 아랫니 하나는 농양에 녹아버렸는지 정체를 감췄다.

그래도 랄라가 살 수 있을 거라 생각했다. 그런데 그 마음마저 무너져내렸다. 랄라의 오른쪽 눈이 눈에 띄게 튀어나오기 시작했기 때문이다. 농양이 랄라의 안구를 밖으로 밀어내고 있었다. 죽음에 가까워질 때 토끼 몸에 생기는 변화라고 했다. 애써 외면하고 싶었던 일이 찾아왔다.

동생에게 끊임없이 물었다. "랄라 오른쪽 눈까지 농양이 번져서 눈을 없애는 수술을 하게 되면 어쩌지?" 동생은 "그럼 보내줘야지" 하고 단호하게 대답했다. 랄라의 아름다운 눈을 없애면서까지 살아가게 하는 것이 무슨 의미가 있냐는 이야기였다. 랄라의 아름다운 눈동자. 왼쪽 눈은 깊은 밤을 닮았고, 아프기 시작한 오른쪽 눈은 마치 푸른 바다 같았다. 바다 같은 랄라의 오른쪽 눈을 보고 있으면 모든 것이 평온해지는 것 같았다.

그런 랄라의 눈이 사라질 수도 있다는 사실에 나는 괴로웠다. 랄라는 그런 나의 마음을 아는지 조금씩 나를 멀리하기 시작했다. "랄라야, 이리 와서 밥 먹어." 그렇게 좋아하던 사료를 들이밀어도 먹는 둥 마는 둥 입안에서 되새김질만 반복했다. 아마도 불편해진 치아 때문에 먹는 일조차 힘들었겠지. 토끼의 아픔을 지켜보는 것은 생각보다 꽤 슬픈 일이었다.

랄라를 가만히 붙들고 말했다. "랄라야, 아직 떠나지 않았으면 좋겠어. 조금만 더 옆에서 시간을 보내줄 수는 없을까?" 그러고는 손으로 랄라의 머리를 부드럽게 쓰다듬었다.

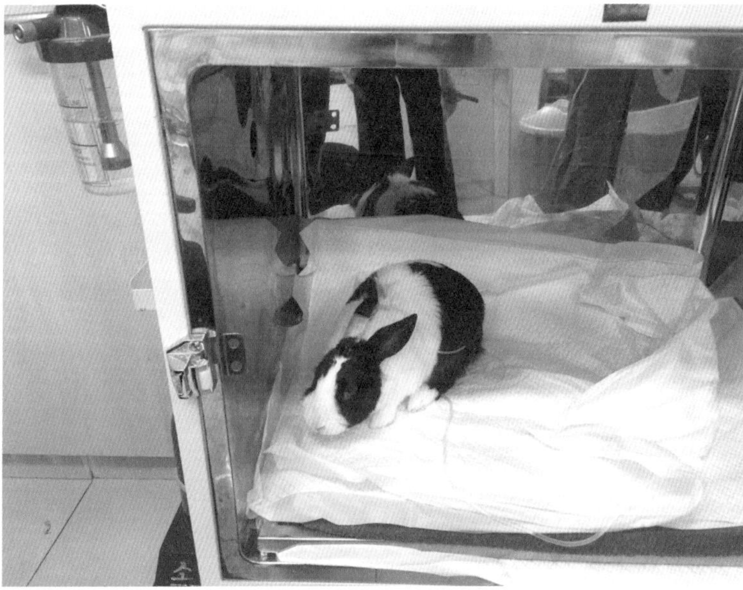

수술을 마친 후 회복실 안의 랄라. 귀에 링거를 꽂고 있다. 랄라는 마취가 조금 덜 깬 상태에서도 내 목소리를 알아들었다.

수술 후 랄라의 오른쪽 턱에는 핏자국이 남았다. 수술을 하고 나서 랄라는 혼자 있는 것을 더 좋아했다.

랄라의 튀어나온 눈이 느껴졌다. 랄라는 자신의 상태를 아는지 모르는지 가만히 내 손길을 받아들였다. 유난스러운 내가 이상하다는 눈빛으로.

거의 매일 랄라를 데리고 병원으로 향했다. 병원으로 가는 길은 항상 마음이 아팠지만 한편으로는 담담했다. 조금이라도 랄라가 내 옆에 머물 수 있는 시간을 벌어줄 것이라는 희망을 품을 수 있었기 때문이다. 내 작은 토끼는 한 손으로 들 수 있을 만큼 가벼워지고, 흐르는 침 때문에 얼굴이 엉망이 된 뒤에도 나보다 씩씩했다. 자신을 보면 눈물짓는 나를 '도대체 왜 그래?' 하는 눈빛으로 쳐다봤다. 그러고는 그 귀여운 입을 오물거리며 나를 위로했다.

사랑하는 내 가족. 랄라가 아프지 않았으면 했다. 병이 낫지 않더라도 함께 있는 동안 고통에 혼자 몸부림치지 않았으면 했다. '랄라야, 너는 혼자가 아니야.' 매일 랄라를 향해 얼굴을 가져다댔다. 랄라에게서 나는 향기와 숨소리를 조금 더 기억하고 싶었다. 그것이 아파하는 랄라에게 내가 해줄 수 있는 유일한 일이었다.

장례식장을
알아보다

반려동물을 데려올 때 함께할 아름다운 순간은 쉽게 떠올리지만 죽음까지 생각하기란 쉽지 않다. 나 역시 마찬가지였다. 내가 랄라의 장례식장을 알아볼 것이라고는 상상조차 못 했다. 랄라가 아프다는 얘기를 들은 후부터 수의사는 랄라의 죽음이 문턱에 찾아왔다 말했고, 나는 그 죽음을 받아들여야만 했다.

반려동물과 함께하는 인구가 많아지면서 우리나라에도 반려동물 전문 장례식장이 많이 늘었다. 다만, 정말 믿고 맡길 수 있는 곳이냐는 게 문제였다. 어떤 곳은 하늘로 떠난 반려동물들을 무더기로 화장했다 적발되기도 했고, 또 어떤 곳은 사체를 함부로 다뤄 이미 아픈 반려인들에게 다시 슬픔을 주기도 했다.

그래서 잘 준비해야 한다고 생각했다. 토끼별로 떠날 랄라의 마지막이 조금 더 편안했으면 좋겠다는 바람 때문이었다. 가장 쉽게 할 수 있는 일은 포털 사이트에서 '반려동물의 죽음'에 대해 검색하는 것이었다. 수많은 장례 정보가 튀어나왔다. 24시간 장례 서비스가 가능하다는 곳부터 각종 언론에 나왔다는 곳까지, 홍보 방식도 각양각색이었다. 어떤 곳이 괜찮은 곳인지 혼란스러워졌다.

나름의 원칙을 정했다. 한 번에 반려동물들을 화장하지 않고 한 마리씩 화장하는 것이 첫번째 조건이었다. 다른 반려동물과 랄라의 유골이 섞이는 것을 막고 싶었다. 그다음에는 모든 장례 절차를 공개하는 곳이어야 한다고 생각했다. 랄라의 마지막을 지켜보고 싶었다. 그래야 나 역시 랄라의 죽음을 받아들일 수 있을 것 같았다.

그렇게 나는 한 곳을 골랐다. 내가 세운 원칙에 맞는 곳이면서 랄라가 한 번도 제대로 보지 못한 자연을 느낄 수 있는 곳이었다. 장례식장으로 들어서는 도로는 발로 밟으면 흙이 그대로 묻어나는 비포장 길이다. 양옆에는 나무들이 길게 늘어서 있다. 하늘에 닿을 듯이 높다. 이 길을 쭉 따라가면 장례식장이 나온다. 사방이 푸르른 나무에 둘러싸여 있는 곳이다.

랄라가 이곳에서 떠난다면 조금은 자유롭게 토끼별로 갈 수 있지 않을까 상상했다. 나는 장례식장의 전화번호를 휴대전화에 저장했다.

랄라 장례식장에 가져갈 물건들도 한쪽에 준비했다. 랄라를 그린 초상화 액자와 좋아하는 간식들을 옆에 두고 싶었다. 나와 찍은 사진도. 떠나는 랄라가 외롭지 않게 말이다. 장례식장을 찾아보고 물건들을 준비하면서 매 순간 마음이 아프지 않은 적이 없었다. 상상도 하기 싫었던 일이다. 하지만 해야 한다. 나에게는 랄라의 마지막을 지켜야 할 의무가 있었다. 시간이 흘러 토끼별에서 기다리고 있을 랄라에게 '엄마가 잘 이겨냈다'고 말할 수 있어야 했다. 그러려면 씩씩해야 했다. 잘 보내주는 것이 내가 랄라를 위해 줄 수 있는 마지막 선물이니까.

랄라가 떠난 뒤의 아픔은 온전히 내가 감당해야 할 몫이다. 랄라에게 이 짐을 나누어주고 싶지는 않았다. 그저 랄라가 토끼별로 여행을 갈 때, 너무 즐거운 나머지 나를 잊지만은 말아줬으면 좋겠다.

특별한 이름의 적금

"사랑하는 반려동물을 위해서 미리미리 보험 가입하세요." 일을 하다 발견한 기사다. 반려동물 천만 시대, 보험 업체들은 이 시장을 그냥 두지 않았다. 너도나도 반려동물 관련 보험을 내놨다. 귀여운 강아지 사진을 들이밀고 미래를 준비해야 한다고 외쳤다. 사람들은 혹했고, 나 역시 마찬가지였다. 내 이야기라는 생각에 망설임 없이 클릭했다.

첫 문장을 읽자마자 바로 한숨을 쉬었다. 보험 적용 대상은 개와 고양이뿐이었다. 안타깝게도 토끼 반려인은 보험 선택의 기회조차 없다. 어쩌면 당연할지도 모른다. 토끼를 키우는 반려인의 수가 적으니 상품성이 적다고 판단했을 수도 있다. 그래서 내가 선택한 방법은 '적금'이다. 매달 월급날이면 5만 원씩 적금을 넣는다. 적금 이름은 '햇살이에게'다.

랄라를 키우기 시작했을 때는 미처 준비하지 못했다. 랄라 병원비 때문에 카드 값을 갚느라 허덕였던 때도 있었다. 병원비를 핑계로 정작 랄라에게 사주고 싶었던 영양제를 사주지 못했던 날도 있었다. 랄라를 키우며 이런저런 경험을 하고 나서야 나는 반려동물과 함께 살려면 금전적인 준비가 반드시 필요하다는 사실을 깨달았다. 매달 5만 원씩 내는 이 적금에는 돈 이상의 마음이 담겼다. 어떤 달은 햇살이가 아프지 않기를 바라며 적금을 넣었고, 또 어떤 달은 다가올 마지막을 상상하기도 했다. 이 적금이 어떻게 쓰일지는 아직 짐작조차 할 수 없다. 병원비로는 쓰이지 않았으면 하는 바람이 있는데, 이 바람이 이뤄질지는 잘 모르겠다. 적금을 넣으면서 책임감이라는 무게를 온몸으로 또다시 느낀다.

랄라가 아프고 나서 나는 몇 번이고 회사를 그만두고 싶었다. 그저 옆에서 랄라만 바라보고 싶었다. 그것이 내가 할 수 있는 최선이라고 생각했다. 하지만 지금 돌이켜보니 평일에는 회사로 향하고 주말에는 병원으로 향하던 그 일상도 소중한 추억으로 남았다. 일상이 일상으로 남을 수 있었던 것은 랄라의 표정 때문이었다. 랄라는 아파도 그 자리에서 나를 기다렸다. 나는 그 기다림 때문에 하루하루를 견뎠다.

토끼에게 의지했던 나는 이제야 조금씩 토끼를 키우는 사람이 되어가고 있다. 사랑하는 토끼가 아픔을 이겨내도록 도와줄 수 있는 존재가 되려고 노력 중이다. 이 적금은 나에게 그런 의미다.

내 인생의 축복

매일 아침 랄라 얼굴을 바라본다. 요즘 랄라는 남동생 방에서 자주 자는데, 강아지 얼굴이 그려진 방석을 가장 좋아한다. 내 일과는 이렇다. 아침 7시면 병원에서 받아온 가루약을 사과즙에 섞어 랄라에게 준다. 그러고는 좋아하는 사료와 영양제를 통에 담아준다. 깨끗하게 씻은 물통에 맑은 물을 담아준다.

랄라는 크리스마스에 또 한 번 수술을 했다. 튀어나온 눈 아래를 찢어 농양을 짜내고 오른쪽 턱 아래에 구멍을 냈다. 수의사 앞에서 처음으로 눈물을 흘렸다. "랄라가 얼마나 견딜 수 있을까요? 저는 랄라가 고통받지 않고 지내다 갔으면 좋겠어요." 수의사는 입술을 위쪽으로 살짝 올리더니 지금까지 보지 못했던 표정을 보여줬다. '그날이 왔다'라는 말이 들리는 것 같았다.

시간이 얼마 남지 않았다. “랄라는 눈도 문제지만 오른쪽 턱 아래 생기고 있는 농양들이 더 문제네요. 혀에도 궤양이 생기고 얼마나 견딜 수 있을지 모르겠어요.” 수술 후 랄라는 오른쪽 눈을 제대로 뜨지 못했다. 그런 랄라를 바라보며 “랄라야, 엄마는 랄라의 아픈 얼굴도 전부 사랑해”라고 말해줬다. 그런데 랄라가 고개를 휵 돌리더니 아프지 않은 얼굴을 내 쪽으로 들이밀었다. 랄라는 사료도 먹고 좋아하는 영양제도 먹으면서 하루하루를 이겨냈다. 랄라를 위해 내가 해줄 수 있는 일이 무엇인지를 생각하면서 하루하루를 보냈다.

SNS를 통해 랄라의 소식을 전하는 것이 일과가 되었다. 랄라의 아픔을 알게 된 사람들은 자신의 일처럼 랄라를 걱정했다. “랄라야 사랑해. 조금만 더 힘내.” 많은 토끼 반려인들이 이렇게 응원을 보내왔다. 랄라는 어떻게 생각하면 참 운이 좋은 아이다. 자신을 응원하는 사람들이 이렇게 많다니 말이다.

랄라를 처음 만난 2013년 겨울의 나와 2018년 겨울의 나는 완전히 다르다. 사람을 좋아하게 됐고, 마음에 따뜻함이라는 것이 생겼다. 내 인생에 랄라가 온 것은 축복이었다. 마음에 생채기가 많은 나였다. 학창 시절에는 아버지가 없다는 사실에 마음의 벽을 쌓았다. 성인이 되어서는 뭐 하나 제대로 되는 일이 없다며 나 자신을 원망했다. 랄라를 만나고 모든 것이 변했다. 랄라를 위해 좀더 나은 사람이 되고 싶었고, 그렇게 살려고 노력했다. 열심히 살다보니 정말 그런 사람이 됐다. 나는 그렇게 오늘도 토끼랑 산다.

랄라와의 이별

랄라와의 이별은 오래전부터 정해져 있었다. 다만 그 시기가 언제인지는 알 수 없었다. 2019년 1월 23일, 어느 평범한 날. 랄라는 내 동생 품에서 세상을 떠났다.

랄라가 떠나기 이틀 전, 생명을 조금이라도 연장시켜줄 수 있을 것이라는 희망으로 큰 수술을 했다. 당시 랄라는 비교적 컨디션이 좋은 편이었다. 아픈 이빨과 궤양으로 퉁퉁 부어버린 혀로 내가 주는 음식을 곧잘 받아먹었다. 잠을 잘 때도 내 옆에서 잠들었다. 나는 랄라가 내 곁에 조금 더 있어줄 것이라 믿었다.

랄라를 치료할 수 있는 방법은 수술뿐이었다. 오른쪽 얼굴에 가득 찬 농양을 짜내고 긁어내는 일이다. 수술 당시 수의사는 “이번에는 수술을 못 견딜 수도 있을 것 같아 걱정”이라고 했다. 나는 애써 담담한 척하면서 "괜찮아요"라고 답했다. 사실 하나도 안 괜찮았다. 랄라가 차가운 수술대 위에서 죽을까봐 머릿속이 멍해졌다. 수술이 진행되는 세 시간 동안 나는 근처 카페에 앉아, 손과 다리를 덜덜 떨면서 수술이 무사히 끝나길 빌고 또 빌었다. 내 간절함이 어딘가에 닿은 것일까. 다행히 랄라는 수술을 잘 견뎠다. 이번에도 무사히 지나간 것이라 생각했다.

하지만 나와 랄라에게 허락된 시간은 단 이틀이었다. 이미 여러 번 수술을 한 랄라는 이번에는 견디지 못했다. 어쩌면 랄라는 나에게 이제 더는 할 수 없겠다는 신호를 무수히 보냈는지도 모르겠다. 수술 후 랄라의 표정은 어딘지 지쳐 있었다. 눈에는 힘이 없었고, 자주 허공을 바라보았다. 얼굴을 날카로운 칼로 여러 번 자르고 붙이면 사람도 견딜 수 없을 텐데, 이 작은 생명이 오죽했을까. 랄라는 자신의 마지막을 아는 것처럼 유난히 내 옆에 다가왔다. 나는 랄라의 머리를 쓰다듬으며 랄라의 모습을, 그리고 랄라의 체온을 기억하려고 애썼다. 랄라는 내 팔에 얼굴을 대고 눈을 편안히 감고 나와의 시간을 기억하는 것 같았다.

오지 않았으면 한 시간은 잔인하게도 나를 찾아왔다. 출근 전 너무나 가벼워진 랄라를 번쩍 안고 밥을 먹였다. 밥을 먹을 힘도 없어 보였지만 나를 보는 눈빛은 이상할 만큼 또렷했다. 그때는 미처 몰랐다. 랄라가 떠나기 전에 나에게 하고 싶은 말이 참으로 많았다는 것을. 지금 와서 생각해보니 랄라는 나에게 마지막 인사를 하고 싶었던 것 같다. 그동안 많이 고마웠다고, 나는 이제 괜찮다고.

내가 집 밖을 나선 후 랄라는 한참을 힘없이 침대에 누워 있었다고 한다. 랄라의 몸에는 서서히 힘이 빠져갔고, 동생은 그런 랄라 곁을 지켰다. 내가 퇴근을 앞둔 몇 시간 전 랄라는 동생 품에 안겨 눈을 감았다. 오후 3시 42분. 랄라가 숨을 거두었다는 연락을 받았다. 랄라는 나를 기다렸던 것 같다. 많이 아파서 토끼별로 가고 싶은데, 내가 보고 싶었나보다. 동생은 숨이 멎은 랄라를 조심히 안아 평소 랄라가 좋아하던 방석 위에 놓아줬다. 퇴근 후 집으로 온 나는 선뜻 방문을 열 수가 없었다. 랄라를 마주한 순간, 한참을 주저앉아 큰 소리로 울었다.

여전히 따뜻한 기운이 남아 있던 랄라를 붙잡고 "엄마 올 때까지 조금만 기다리지"라고 끊임없이 말했다. 랄라의 눈은 대답이 없었다. 이별은 그렇게 찾아왔다.

우리에게 주어진 마지막 사흘

랄라가 숨은 거둔 뒤 그로부터 사흘. 나와 랄라에게 주어진 시간이었다. 미리 계획해둔 일은 아니었다. 휴대전화에 오랜 시간 저장해두었던 번호로 전화를 걸었다. 화면에 표시된 '랄라 장례식장'이라는 단어가 마음에 가시처럼 파고들었다.

이곳에서 장례를 하려면 늦어도 오후 1시에는 경기 광주시 공장들 사이에 있는 한적한 시골 마을로 들어가야 한다. 아무리 반려동물에 대한 인식이 좋아졌다고 하더라도 "저에게 가족 같은 토끼가 세상을 떠났어요. 장례를 치르러 가야 하니 휴가 좀 쓸게요"라는 말을 회사가 이해해줄 것 같지 않았다. 장례식장 직원에게 "평일에는 도저히 시간을 낼 수 없는데, 어떻게 하면 좋을까요?"라고 되물었다. 장례식장 직원은 "토요일 오전까지는 아이를 데리고 있어도 괜찮아요. 지금은 겨울이니까. 하지만 더 늦으면 안 됩니다"라는 말과 함께 토요일 오전 9시에 랄라 장례 일정을 예약해줬다.

얼떨결에 얻은 시간이었다. 지금 생각해보니 랄라와 제대로 이별할 수 있는 시간을 얻은 셈이었다. 랄라가 죽기 며칠 전 사준 방석에 랄라를 눕혔다. 아팠던 내내 나에게 보여주고 싶어하지 않았던, 오른쪽 얼굴을 방석 아래로 하고 왼쪽 얼굴을 위로 향하게 했다. 눈쪽 근육이 약해 제대로 눈을 감지 못한 랄라가 안쓰러워 손바닥으로 랄라의 눈을 감쌌다. 랄라는 바다같이 파란 눈으로 세상을 끝까지 바라보았다.

랄라와 함께 꼬박 사흘을 보냈다. 첫날은 랄라를 옆에 두고 눈물만 흘렸다. 따뜻한 온기가 아직 남아 있었다. 나를 보는 눈빛도 살아 있던 그때와 똑같았다. 랄라를 쓰다듬으며 "왜 이렇게 빨리 떠났냐"고 원망했다. 랄라가 아팠던 시간들이 스치듯 지나갔다. 얼굴에 큰 수술 자국이 나도 씩씩하게 밥을 먹고, 내 옆을 지키던 랄라와의 모든 순간들이 머리를 스쳤다. 그렇게 랄라가 누운 방석을 옆에 둔 채 뜬눈으로 밤을 새웠다. 둘째 날은 아무런 생각도 들지 않았다. 아직 랄라 얼굴을 바라볼 수 있어서 다행이라고 생각했다. 하지만 내가 좋아하던 랄라의 코도, 입도 움직이지 않았다. 가만히 귀를 기울이면 들리던 포근한 숨소리도 들리지 않았다. 나를 향해 다가오던 발도 점점 차가워졌다. 랄라에게 내가 해줄 수 있는 것은 이제 아무것도 없었다. 스스로에게 랄라를 보내줘야 한다고 수백 번, 아니 수천 번을 말했다.

나에게 랄라가 왔다 간 시간들이 떠올랐다. 랄라는 나에게 세상 어떤 것과도 바꿀 수 없는 존재였다. 내 전부였고, 가족이었다. 처음 마트에서 본 표정부터 떠나기 전 나를 바라봤던 마지막 눈빛까지 빠짐없이 떠올랐다. 나는 아직 보내줄 자신이 없는데, 이 이별을 받아들여야 한다.

랄라와 아직 하고 싶은 것이 더 많았다. 꽃이 피는 날이면 창문에 서서 꽃구경도 하고 싶었고, 비가 오는 날이면 떨어지는 빗소리도 더 듣게 해주고 싶었다. 여름이 오면 좋아하는 딸기를 실컷 사주겠다는 약속도 했었다. 랄라를 옆에 두고 마음에도 없는 말들을 했다. "네가 없는 세상이지만 잘 살게. 다시 만나자"라고 했다. 이렇게라도 해야 랄라를 보내줄 수 있을 것 같았다. 하지만 나는 알고 있다. 평생 랄라를 마음에 품고 살 것이라는 사실을.

장례식장으로 향하기 전 마지막 날. 나는 랄라의 방석을 천으로 완전히 덮어줬다. 랄라와 함께 했던 사흘 동안 나는 그 어떤 정리도 하지 못했다. 랄라의 용품을 치워버리면 이젠 정말 랄라를 보내야 한다는 마음에 랄라가 좋아하던 간식들도 버리지 못했고, 랄라가 좋아하던 인형들도 치우지 못했다. 차갑게 굳어버린 랄라를 놓아줘야 하는데. 결국 내가 해야 할 일인 것을 알면서도 애써 외면했다.

랄라와 행복했던 순간들을 마음에 새겼다. 시선을 돌리면 방석 위의 랄라가 일어나 다시 내 곁에 올 것 같았다. 그런 일은 일어나지 않았다. 랄라는 그 자리에 그대로 누워 있었다.

네가 토끼별로 떠나던 날

아침 7시, 뜬눈으로 밤을 새운 나는 장례식장으로 향할 준비를 했다. 랄라가 누워 있는 방석을 품에 잘 안았다. 그러고는 랄라를 위해 준비한 작은 꽃, 딸기, 사과, 편지를 손에 꼭 쥐었다.

장례식장을 예약할 때 장례사는 내게 몇 가지를 부탁했다. 장례식에 쓰일 랄라 사진과 평소 랄라가 좋아한 것들을 가져와달라고 했다. 장례식장으로 향하기 하루 전, 나는 평소 랄라가 무엇을 좋아했는지 고민하는 시간을 가졌다. 랄라는 달콤한 사과를 제일 좋아했었지. 아! 딸기도 정말 좋아했었어.

평소에는 비싸다고 사지도 않던 사과와 딸기를 가장 비싸고 좋은 것으로 샀다. 그리고 랄라가 가는 길이 외롭지 않게 친구도 준비했다. 국화로 만든 작은 토끼 꽃이었다.

경기 광주시 오포읍의 한 장례식장. 집에서는 한 시간 삼십 분 정도 거리다. 조금 더 랄라와 시간을 보낼 수 있게 차라도 막혔으면 했지만, 원망스러울 만큼 빠르게 도착했다.

장례식장 앞에서 한참을 머뭇거렸다. 랄라 앞에서 울지 않고, 잘 보내줘야겠다고 오는 내내 다짐했는데 랄라를 안고 있는 내 손은 또 떨리기 시작했다. 햇살도 참 따뜻한 날이었다. 한적한 마을 속 장례식장에서는 평온한 노래가 흘러나왔다.

담당 장례사에게 랄라를 건넸다. 미처 감지 못한 랄라의 눈을 잘 감겨달라고 부탁했다. 엉켜 있던 털도 예쁘게 빗어달라고 말했다. 랄라는 그렇게 장례사 손길로 온전히 눈을 감았다. 랄라가 단장하는 동안, 추모 공간에서 시간을 보냈다. 모니터에는 내가 미리 보내준 사진이 흘러나왔다. 내가 랄라를 안고 찍은 사진도 있었고, 남동생과 랄라가 다정한 얼굴로 찍은 사진도 있었다. 사진 속 동생은 랄라를 향해 미소를 지었고 랄라도 그런 오빠가 좋은지 귀여운 표정을 하고 있다. 한쪽에는 관에 들어간 랄라와 나와 가족들이 준비해 간 과일들과 편지가 가지런히 놓여 있었다. 편지에는 고맙다고 적었다. 그냥 랄라 너에게 전부 고맙다고.

어쩐지 랄라는 편해 보였다. 마치 웃고 있는 것 같았다. 많이 아팠던 랄라다. 투병 생활을 하면서 많이 힘들었나보다. 떠나는 얼굴에 미소가 담겨 있었으니 말이다. 나는 랄라의 머리를 한참 쓰다듬어줬다. "랄라야, 토끼별에 가서 잘 놀고 있어. 엄마랑 다시 꼭 만나자." 랄라 옆에 사과, 딸기, 꽃 친구, 편지를 넣었다. 마지막으로 국화를 집어 랄라 위에 얹었다.

랄라는 이제 뜨거운 불 속으로 들어가야 한다. 내 작은 토끼는 한 줌 재가 되어야 한다. 투명한 유리창 너머로 랄라가 보였다. 이제 랄라를 영영 볼 수도, 만질 수도 없다는 생각이 나를 무너뜨렸다. 랄라를 담은 관이 이내 사라지고 화장이 진행 중임을 알리는 붉은 빛만이 눈에 들어왔다.

어찌나 가볍고 여린 아이인지 한 시간 만에 재로 변했다고 한다. 사랑하는 랄라는 눈부신 보석으로 다시 태어났다. 그렇게 랄라는 토끼별로 여행을 떠났다.

랄라를 토끼별로 보내던 날. 랄라가 좋아하는 것들을 옆에 두었다. 수술 때문에 사라진 오른쪽 턱의 털 때문에 마지막까지 마음이 쓰였다.

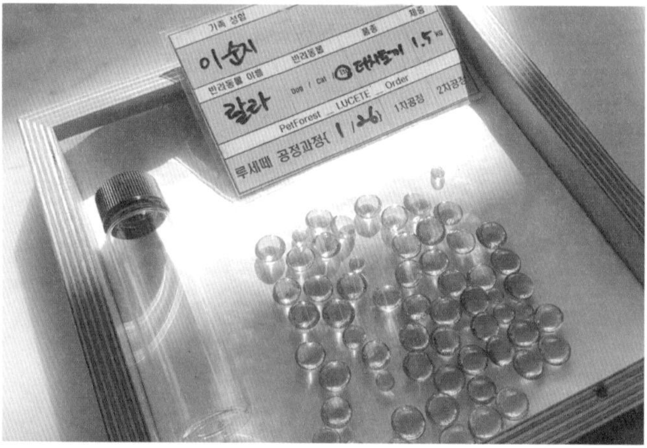

보통 화장 후 유골을 뿌려주는데, 랄라는 평소에 산책도 하지 않았고 집에서 보낸 시간이 더 많아 "루세떼 공정(유골을 그대로 냉각해 스톤을 제작하는 방법)"을 거치기로 정했다. 영롱했던 랄라의 눈처럼, 랄라는 눈부신 보석으로 내게 다시 돌아왔다.

랄라를
기억하는 시간

랄라가 떠난 후 전에는 없던 공간이 집에 생겼다. 이른바 '랄라를 기억하는 시간'이라고 내 마음대로 이름 붙인 곳이다. 이곳에는 꽃병, 랄라 초상화, 토끼 친구들, 랄라 보석 그리고 나와 랄라의 추억이 담겼다. 처음부터 이런 공간을 만들 생각은 아니었다. 신발장 위가 썰렁해 처음에는 랄라 초상화를 올려놨다. 그리고 토끼 장식물들이 귀여워 사서 올려두기도 했다. 랄라가 떠나자 자연스럽게 랄라를 위한 공간이 됐다.

랄라를 보낸 후 어떤 일도 할 수 없었던 나에게 한 가지 숙제가 주어졌다. 랄라를 위해 꽃병에 꽃을 꽂아놓는 일이다. 시작은 이랬다. 나보다 먼저 사랑하는 토끼를 떠나보낸 친구가 SNS에 올린 글이 눈에 들어왔다. 작은 친구를 위해 꽃을 고르고 추억한다 했다. 토끼별에는 어떤 계절이 있는지 잘 모르겠다. 하지만 나도 랄라에게 내가 사는 곳의 계절을 선물하

랄라의 보석이 담긴 나무함과 랄라가 평소 좋아했던 사료, 토끼 친구들을 두었다. 계절에 맞게 꽃도 바꿔가며 토끼별에 간 랄라를 상상한다.

고 싶다는 생각이 들었다.

처음 산 꽃은 하얀 국화다. 랄라가 떠난 지 일주일이나 됐을까? 회사에 가기 전 남대문 꽃시장에 들렀다. 빨간색, 노란색 아름다운 색을 뿜어내는 꽃들이 가득했다. 계단식으로 쌓인 꽃 앞에 선 사람들 표정에는 기쁨이 묻어났다. 다가오는 봄에 설레는 마음이 느껴졌다. 나만 어두웠다.

상인들은 나에게 "어떤 꽃을 찾느냐"고 물었다. 다른 때 같으면 "저 이런 이런 꽃 사고 싶어요"라고 말했을 테지만 그 날은 그냥 웃고만 있었다. 처음 꽃병에 꽃을 꽂은 랄라를 추모하는 하얀 국화여야 할 것 같았다. 꽃시장에는 50곳이 넘는 꽃가게가 있었는데 국화를 파는 곳은 단 두 곳뿐이었다. 그마저도 한쪽 구석에서 빛을 내지 못하고 숨어 있었다.

꽃시장을 다섯 바퀴쯤 빙빙 돌고 나서야 한 꽃가게 앞에 멈춰 섰다. 안경을 야무지게 쓴 아저씨가 꽃을 살펴보고 있었다. 하얀 국화가 참 예뻤는데, 어딘지 모르게 단단함이 느껴졌다. 옆에 있던 할아버지가 먼저 "이 국화 좀 달라"고 말하는 것을 듣고 나는 머뭇거리다 국화 한 단을 샀다. 손에 쥔 하얀 국화가 어느 때보다 무겁게 느껴졌다. 하얀 국화는 향기로웠고, 잎 하나하나 아름다움을 뽐내고 있었다.

집으로 돌아와 큰 꽃병에 국화를 다듬어 넣었다. 그러고는 기도했다. 랄라가 토끼별에서 잘 지낼 수 있게 해달라고. 내가 꽂아놓고는 국화가 시들 때까지 꽃을 잘 쳐다보지 못했다. 국화를 바라보는 일이 슬펐다. 애써 감정을 누르려다보니, 꽃도 랄라 사진도 제대로 볼 수 없었다. 그렇게 시간이 갔고, 랄라가 떠났던 겨울도 갔다. 어느새 따뜻한 봄이 오고 있었다.

내 마음에도 랄라를 향해 있던 슬픔이 조금은 지워지고 토끼별에서 행복하게 있을 랄라의 귀여운 모습이 그려지기 시작했다. 꽃시장에 들러 프리지어 한 단을 샀다. 처음 하얀 국화를 살 때와는 다르게, 랄라가 어떤 꽃을 좋아할지 웃으며 고민했다. 봄을 생각하게 해주는 노란색 프리지어를 사면서 랄라가 풀밭에서 뛰어노는 장면을 상상했다. 프리지어를 꽃병에 정성스럽게 꽂고 랄라를 향해 인사를 건넸다.

랄라를 기억하는 시간. 이 곳에는 항상 꽃을 놓아둘 생각이다. 봄에는 프리지어, 여름에는 장미, 가을에는 코스모스, 겨울에는 백합을.

할머니가 보고 싶다고 전해달래

토끼를 키우는 사람들은 토끼가 세상을 떠나면 '토끼별'로 간다고 믿는다. 내가 상상하는 토끼별은 이렇다.

보라색, 노란색 꽃들이 곳곳에 피어 있고 한쪽에는 푸르른 나무가 가득하다. 토끼가 좋아하는 풀, 딸기, 사과가 가득한 곳. 한쪽에는 노랗고 흰 나비가 날아다닌다. 랄라가 친구들과 신나게 뛰어노는 모습을 떠올린다. 토끼별에서는 수술로 털이 전부 사라져버리고 구멍이 난 랄라의 오른쪽 뺨이 매끈할 것이란 상상도 빼놓지 않았다.

랄라가 떠난 이후로 나는 꽤 잘 지냈다고 생각한다. 친구들도 만나고 일도 하면서 씩씩하게 지냈다. 햇살이와 정도 붙이고 사랑을 주면서 살고 있다. 하지만 현관문을 열면 보이는 랄라의 초상화를 볼 때마다 가슴이 아린 것은 어쩔 수 없다.

내가 좋아하는 랄라 초상화. 이 그림을 보고 있으면 랄라가 당장이라도 옆에 누워 나를 바라볼 것만 같다.

집을 나서고 들어오기 전 매일 큰 소리로 외친다. "랄라야, 엄마 회사 다녀올게." "랄라야, 엄마 회사 다녀왔어." 인사를 건네고는 있는데 랄라의 얼굴을 제대로 보지는 못하겠다. 나는 랄라의 눈이 좋았다. 바다나 호수가 생각나는 눈이다. 힘든 일이 있을 때도 기쁜 일이 있을 때도 랄라 눈을 바라보며 얘기를 나누면 모든 것이 눈 녹듯이 사라졌다. 그래서일까? 랄라 눈을 보지 못하겠다. 사진만 봐도 랄라가 어떤 표정, 어떤 온기를 가지고 있었는지가 고스란히 느껴진다. 요즘 부쩍 랄라를 외면하는 일이 잦아졌다. 랄라의 죽음은 착실하게 받아들이고 있지만, 랄라의 눈을 보는 일은 아직 시간이 필요하다.

얼마 전, 엄마가 울산에서 갑자기 서울로 올라왔다. 아침에 온다고 통보하더니 불쑥 회사 앞에 나타났다. 엄마도 랄라를 많이 좋아했다. 랄라도 엄마를 많이 좋아했다. "토끼 할머니"라고 자신을 칭하던 엄마는 랄라에게 자신의 옆자리를 내어줬다. 그렇게 좋아하던 드라마를 볼 때도, 맛있는 딸기를 먹을 때도, 엄마 옆은 항상 랄라였다.

엄마는 우리 집에 오자마자 랄라의 빈자리를 느꼈다. 그리고 남아 있는 토끼 햇살이를 바라봤다. 엄마는 내가 없는 동안 햇살이에게 밥을 주고, 햇살이와 놀아줬다. "햇살이가 참 예쁘게 생겼더라." 엄마는 햇살이를 예뻐했다. 어느 날은 "아니, 햇살이가 오후 1시만 되면 조용한 거야. 그래서 침대 밑을 봤더니 가만히 있어서 아픈가 싶어서 끄집어냈어"라고 웃으며 말했다. 햇살이에게는 낮잠 시간이 있는데, 그 시간을 몰라 놀랐었나보다. 엄마와 햇살이 사이는 제법 좋아 보였다.

그렇게 일주일을 지내고 떠나는 날 갑자기 엄마는 이런 말을 했다. "그래도 엄마는 랄라가 보고 싶어." 엄마에게도 랄라는 특별한 존재였나보다. 이기적인 나는 랄라가 떠난 슬픔 때문에 대신 울어준 사람들을 잊고 있었다. 엄마도 그중 한 사람이었다. 랄라가 세상을 떠나던 날, 엄마도 전화기 너머로 목 놓아 울었다.

햇살이와
함께

누군가는 이제 시간이 흘러서 괜찮지 않느냐고 말하기도 한다. 하지만 사랑하던 가족을 잊을 수 있는 사람이 얼마나 될까. 나에게 랄라는 영원한 가족이자 소중한 친구이다.

햇살이는 어느새 숙녀가 됐다. 햇살이를 보고 있으면 랄라와 보냈던 시간들이 자주 떠오른다. 랄라와 햇살이는 정말 다르다. 항상 편식하고 좋아하는 딸기를 달라고 외치던 랄라와 달리 햇살이는 정말 뭐든 잘 먹는다. 랄라가 입에도 대지 않던 풀도 햇살이는 없어서 못 먹는다.

이 식탐을 이용해서 요즘은 개인기를 연습 중이다. 먹는 걸 좋아해서인지 햇살이는 벌써 두 가지 개인기를 익혔다. 하나는 '코'라는 단어에 맞춰 원 모양으로 만든 내 손가락 사이에 자신의 코를 넣는 거다. 내가 "코"를 외치면 침대 밑에서 자고 있던 햇살이는 단번에 달려나와 자신의 코를 내 손가락 사이로 쏙 넣는다. 훈련법은 간단하다. 손가락으로는 원을 만들고 손바닥에는 사료 한 알을 놔두는 것이다. 몇 번 해보더니 햇살이는 원 안으로 코를 넣으면 맛있는 사료를 먹을 수 있다는 사실을 터득했다.

또 다른 개인기는 무려 '돌아'다. "돌아"를 외치면 시계 반대 방향으로 한 바퀴 휙 돈다. 아마 이 글을 보고 있는 사람들은 "어머, 무슨 토끼가 그래?"하고 놀랄지도 모르겠다. 식탐이 없는 랄라라면 한낱 사료 때문에 이러지는 않았을 것이다. 하지만 햇살이는 다르다. 먹을 것을 위해서라면 주인의 머리카락을 잡아당겨 잠을 깨우는 녀석이다. 한 손에 사료를 들고 "돌아"를 외친다. 햇살이가 돌면 그때 사료를 준다. 100번 정도 반복했더니, 햇살이는 이제 "돌아"를 외치면 휙 몸을 돌릴 수 있게 됐다.

햇살이와 지내면서 랄라를 보낼 때 생겼던 슬픔들이 조금씩 치유되고 있다. 물론 햇살이와 랄라는 같지 않다. 다른 점이 훨씬 많다. 일단 햇살이는 몸집이 크고 사람을 그리 좋아하는 편이 아니다. 예전에는 내가 만지려고 하면 몸을 쏙 피한 후 숨기 바빴다. 손으로 감싸 안으려고 하면 눈을 크게 뜨고 할퀸 적도 있다. 그래도 함께하는 시간이 늘어서인지, 햇살이는 예전보다 나를 좋아하게 됐다. 랄라처럼 나와 함께 침대에 누워 잠을 청하지는 않지만 항상 내 주변에서 잠을 잔다.

나는 랄라를 기억하면서 햇살이에게도 좋은 엄마가 되려고 노력한다. 햇살이에게 사랑한다는 말도 하고 볼 뽀뽀도 잊지 않는다. 어떤 날은 '내가 이렇게 햇살이를 사랑하면 랄라가 섭섭하지 않을까?'라는 생각도 한다. 하지만 햇살이를 나도 모르게 가끔 "랄라"라고 부를 때가 있다. 햇살이는 그럴 때마다 토라진다.

랄라에게

랄라야. 엄마는 아직도 너에 대한 얘기를 하거나 글을 쓸 때면 눈물이 나. 네가 토끼별로 여행을 떠난 지 한참이 지났는데도 말이야. 가끔 귀에서 "웅" 하는 소리가 들리면서 세상이 하얗게 변할 때도 있어. 그래도 사람들 앞에서는 일부러 아무렇지 않은 척해. 사람도 챙기기 어렵다 말하는 사람들 앞에서 "저와 함께하던 작은 반려동물이 세상을 떠나서 슬퍼요"라고 말할 용기가 아직 없나봐. 랄라 너랑 참 비슷한 것 같아. 요리조리 눈치도 잘 보고, 사람들에게 싫은 소리도 못 하는 점이 말이야.

많이 부족하고 어설펐던 내 곁에 랄라 네가 와줘서 매 순간 행복했어. 랄라가 없었다면 엄마는 아마도 엄마 인생에서 가장 어두웠던 시기를 씩씩하게 견디지 못했을 것 같아. 너를 키우면서 세상을 배우게 됐고, 너와 함께하면서 사람들과 함께 살아가는 방법을 알게 됐어. 그리고 나 자신보다 누군가를 더 사랑하는 것이 어떤 건지도 알게 된 것 같아.

처음 산책을 갔던 작은 공원이 생각나. 따뜻한 햇살을 느끼게 해주고 싶어서 작은 너에게 옷을 입히고 공원으로 갔었지. 풀숲에 놓아주니 무서운지 몸을 바닥에 붙이고, 어딘가를 바라보던 그 표정이 참 귀여웠어. 사람들은 그런 너를 보며 "토끼다"라고 신기한 듯 말했지. 사람들에게는 어쩌면 그저 신기한 생명이었는지도 모르겠어. 토끼를 키운다고 하면 항상 비슷한 반응이 돌아왔거든. "토끼를요? 신기하다." 하지만 나에게 너는 동화 속 주인공도 아니었고, 애니메이션 속 캐릭터도 아니었어. 그저 내 곁에서 일상을 함께하는 가족이었어.

회사 생활이 힘들 때면 투정을 하고, 연애에 실패할 때면 불만을 털어놨어. 그러다 조금이라도 일이 잘 풀리면 들뜬 목소리로 중얼거리기 바빴지. 그럴 때마다 랄라 너는 지겹지도 않은지 큰 귀를 요리조리 흔들며 내 얘기를 들어줬어. 나를 따뜻하게 바라봐주던 그 눈빛을 엄마는 평생 잊지 못할 것 같아.

햇살이 기억하지? 랄라가 떠나기 전에 엄마가 불쌍하다며 공원에서 데려온 아기 토끼 말이야. 요즘은 햇살이랑 시간을 보내고 있어. 처음에는 네가 떠난 자리를 햇살이로 채우는 것은 아닌지, 스스로를 원망한 적도 있었어. 지금은 내가 외로울까봐 네가 마지막으로 주고 간 선물이라고 생각하며 지내고 있어. 햇살이는 너랑 다르게 엄청 먹보에다가 말도 잘 안 들어. 아무리 옆에 와서 자라고 해도 침대 밑에 쏙 들어가기 바빠. 너랑 성격이 많이 달라.

너한테 섭섭한 점도 있어. 많이 보고 싶은데, 안부도 듣고 싶은데, 소식을 통 전해주지 않으니까. 친구가 꿈에서 널 봤다고 하더라. 당당한 얼굴로 햇살이를 혼내고 있더래. '토끼별에서도 대장 노릇을 하고 있구나'라는 생각을 했어. 그곳에서는 더 이상 아프지 않았으면 좋겠어. 맛있는 것도 많이 먹고 친구들과 잘 지내고 있으렴.

나의 사랑하는 토끼, 랄라야. 좋아하는 딸기랑 사과도 실컷 먹고, 하지 못했던 산책도 실컷 하고 있어야 해. 많이 보고 싶지만 참아볼게. 우리 다시 만나면 예전처럼 이야기도 하고, 옆에 꼭 붙어서 낮잠도 자자. 사랑해. 랄라야.

토끼랑 산다

1판1쇄 펴냄 2020년 6월 22일

지은이 이순지

펴낸이 김경태
편집 홍경화 성준근 남슬기 / 최은영
디자인 박정영 김재현
마케팅 곽근호 전민영

펴낸곳 (주)출판사 클
출판등록 2012년 1월 5일 제311-2012-02호
주소 03385 서울시 은평구 연서로26길 25-6
전화 070-4176-4680 팩스 02-354-4680 이메일 bookkl@bookkl.com

ISBN 979-11-90555-21-0 03810

이 도서의 국립중앙도서관 출판예정도서목록(CIP)은 서지정보유통지원시스템 홈페이지(http://seoji.nl.go.kr)와 국가자료공동목록시스템(http://www.nl.go.kr/kolisnet)에서 이용하실 수 있습니다.(CIP제어번호: CIP2020023534)